ダニ博士のつぶやき

青木淳一
AOKI Junichi

論創社

まえがき――ダニ研究のまにまに

私の本業はダニの研究である。人呼んで、「ダニ博士」と言われている。正式には「農学博士」なのだが、人も嫌がるダニを研究しているので、からかい半分にそう呼ばれているのである。若いころは「ダニー・ボーイ」と呼ばれたこともある。

初対面の人に「どんなお仕事をしておられるんですか?」と聞かれ、「生物の研究をしています」というと、「ああ、そうですか」では終わらない。「生物といっても、いろいろあるでしょう。どんな生物ですか?」と来る。しかたなく、「ダニです」と答えると、相手はしばらく沈黙、人の顔をポカーンと見つめてから、「ダニって、あのいやらしい虫ですか?」「ええ、そうですよ」「なんでまた、ダニなんかを研究するんですか?」「可愛いからです」そこで、絶句。

それで終わってしまう場合はいいが、相手が興味を示して食い下がってくるときは、ダニについての世間一般の誤解を解くため長々と説明する羽目になる。ダニは世界に五万種以上いて、日本だけでも約一九〇〇種が知られていること。そのうち人畜に寄生し吸血するものは約五パーセント、農作物に被害を与えるものが五パーセント、両方合わせても一〇パーセント、ダニ族全体から見れば無害なダニのほうがはるかに多いこと。ダニはこの地球上、あらゆる場所に生息し、北極から南極まで、海岸から高山の頂まで、原生林、雑木林、人工林、公園緑地、草原、果樹園、畑、湿原、湖沼、洞窟に至るまで、あらゆる環境に見いだされること。さらに、農作物の害虫であるハダニを捕食してくれる天敵ダニや、チーズを熟成させるのに必要なダニなど、有益なダニもいること、などなど。

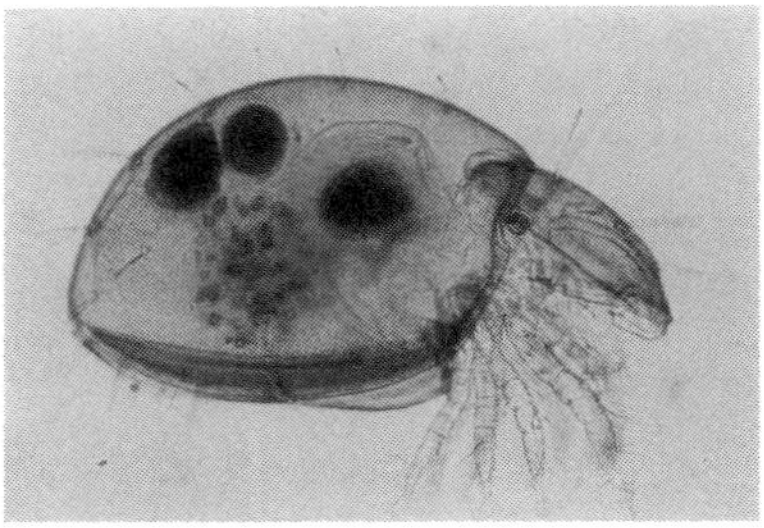

ササラダニ

そんなダニの中で、私が特に注目したのはササラダニ（簓ダニ）類と呼ばれる一群のダニ類である。多くは土壌中に生息し、地表に堆積した落葉や落枝をかみ砕いて食べ、植物遺体の分解を促し、豊かな土づくりに貢献している。決して人畜の血を吸ったりはしない。口の構造がそのようにはできていない。さきほど「可愛いから」という表現をしたが、その姿形は本当にかわいらしく、コガネムシやテントウムシに似ている。

しかも、私の興味をそそったのは、種類数が極めて多く、ほとんど研究者がいないということであった。私はへそ曲がり人間であり、多くの人々が関心を持つものにはそっぽを向くたちなので、ササラダニはわたしの研究テーマとしてうってつけのものであった。私は頭のいいほうではないので、人のやらないことをやれば、何とか芽が出るだろうという考えもあった。しかし、未開拓の分野に突っ込んでいく際には仲間もいないし、指導者もいない。全く孤独な戦いである。実際に研究を始めてみると、採集したササラダニはみんな「名無しの権兵衛」ばかり。それに片っ端から名前を付け、新種として記載していった。その結果、五十年間で私が名付け親になった新種のダニの数は日本産だけでも三百種以上に達した。

そんなわけで、私が勤務した博物館や大学の研究室では、ほとんどの時間顕微鏡にしがみついてダニの観察に明け暮れていた。しかし、街中を歩いている時、電車やバスに乗っている時、レストランで食事をしている時などは頭の中からダニは消え、周囲の人間の観察をする習性がついていた。ダニの生態も面白いが、人間の生態も観察していると、なかなか面白い。

それと同時に、街中で見かける標語や広告などの日本語、ラジオ・テレビの中で使われる日本語のなかに気になるものがあって、見過ごせなくなってきた。それらのことを、気が付いた時に手帳に書き留めておく習慣が身についた。顕微鏡から身体を離し、頭の中が空になった時の休息時間に見聞きしたもの中から、「面白いなあ」とか「変だなあ」と思うことが集積していった。それらのことの一部は、あちこちの新聞や雑誌などに書き散らした。それらをまとめ、さらに新たに書いたものを加えて、一冊の本にしたいという気持ちが強くなった。論文や専門書ばかり書いていないで、そんな本があってもいいではないか。

　そこで思い切って私家版で出したのが『一度でいいから、やってみて！』という随想集である（二〇一六年六月出版）。これは友人知人に配ってかなり好評を得たが、印刷した数百部はすぐになくなってしまった。そこへ友人の古川弘典氏（はる書房）から論創社の森下紀夫氏を紹介され、商業ベースに載せた出版を考えてあげましょうという、ありがたいお勧めをいただいた。一般に、科学者のエッセイなどは、著者がよほどの有名人でないと売れない。いわゆる有名人ではない私が書いたエッセイが売り物になるかどうか、はなはだ不安である。

　本書の第Ⅰ部のタイトルに「へそ曲がり人間」とあるが、私のことだ。普通の研究者が見向きもしない森の落葉の下に暮らすダニを研究するなどは、確かにへそ曲がりであるが、本書の読者に私の言うことがもっともだと言っていただけるなら、私はへそ曲がり人間ではなくなるかもしれない。

本書は、以前に出した『一度でいいから、やってみて！』を母体としている。そのなかの最初のほうの随想の部分はほぼそのまま掲載した（それぞれの出典は末尾に明記してある）が、何十年も前に書いたものも含まれ、今読むと時代遅れでおかしな点もあるのは、お許し願いたい。続く「気になる日本語」の部分は大幅に追加充実させ、読者と共に考えるよすがにしたいと思った。最後の川柳の部分も、あらたに思い付いたものを書き加えてある。

野山でダニを採集するのも面白いが、街中で「へんな日本語」を見つけて採集するのも面白い。ダニ博士が気になる日本語は、多分一般の方々も気になることだろうと思う。本書のエッセイの部分と川柳は、読者が同意して膝を叩いて笑い飛ばしてくだされればいいし、気になる日本語の部分はそれに気づいて少しでも正しい日本語が見直されれば、筆者の望外の喜びである。

さあ、読み始めてください。ダニはほとんど登場しませんから、ご安心ください。

平成二十九年十一月十日

青木 淳一

ダニ博士のつぶやき　目次

Ⅰ 人・心・行動

1　へそ曲がり人間

先日の日曜日、家の納戸の中をゴソゴソと片づけていると、一冊の古びた文集が出てきた。埃を払ってみると、小学校の時の卒業記念文集とある。だれでもが片づけものの最中によくやるように、ガラクタの中に腰を降して読みはじめる。今はもう偉そうな大人になってしまった親しい友が幼い頃に記した文集を懐かしく読んでいるうちに、終りのほうに「大きくなったら何になりたいか」という一覧表があった。

その頃の子供というのは、今のようにテレビなどで悪知恵がついていないから、全く無邪気なもので、一番多かった志望が総理大臣と電車の運転手なのであった。「大臣」というのは日本で一番偉い人だと思っていたし、電車の運転手は、これまた憧れの的であった。制帽のあごひも掛け、運転席に座って前方を正視し、「出発進行！」とかなんとか独り言を叫んで、カチッカチッと変速機のハンドルを少しずつ廻しながらスピードを上げてゆく、その姿をぼくらは運転室のうしろのガラスに鼻をこすりつけて見つめていたものだ。

しかし、私の名前の下に書いてあった職業は大臣でも運転手でもなく、なんと「農林技官」である。現在の私は「文部技官」として国立科学博物館に勤めているから、他の連中が大臣や運転手になりそこなったのにくらべると、私はほぼ目的を達したことになるわい、と苦笑してしまった。ことほど左様に、私は子供のころから少しばかりへそが曲っていたらしい。

ところで、私の専門はダニの研究である。ダニというとだれでもいやな印象を受けるらしく、聞いた人はみんなヘンな顔付きになって、「へえー、ずい分ヘンなものを専門にされたんですね」という。そして、とたんに奇人を見つめるような眼つきになるのを見て、私は内心たいへんに満足する。その次の質問はもう決っていて、「どうしてそんなヘンなものを研究する気になったんですか」とくる。

これには大した理由はない。自分は生物が好きだったし、同じ生物の研究をするなら、だれもやっていないようなものを手掛けてみたかったまでなのである。私が研究対象に選んだダニは、ダニの中でも特に人に知られていないササラダニ類というなかまで、森の中の落葉やコケの下に住んでいて、決して人や獣の血を吸うことをせず、平和で長閑《のどか》な暮しをしている。人畜寄生性のダニよりはるかに種類が多く、現在までに日本から一八〇種くらいみつかっているが、その半分以上は学界未知の新種で名無しの権兵衛だったので、私が名付け親になってやったものである。

登山バスに乗ってやってくる観光客はもちろんのこと、採集にやってくる生物学者の多くでさえ、この広大な森の地面一面に可愛らしいダニが生息していて（生息数は一平方メートルあたり三万〜五万匹）、毎日落葉をこつこつと噛み砕いては土壌生成作用に一役買っている、などということは知ってはいない。こうして、〝森の小人たち〟と私のひそかなつき合いはすでに十五年も続いているのである。

人のやらない仕事をし、人の知らない楽しみを持つのは、この上もなくいいものである。ところが、世の中には人の仕事や楽しみを羨ましがる人間の何と多いことか。この地球上には実にいろいろな事や物があるのに、人の耳から入り、周囲に見えるものしか存在しないような錯覚に陥っている人が多い。よく解釈すれば、他人と共通の楽しみを持ちたいという、きわめて単純な、よい性質の人達の集まりなのであろう。

ひねくれ者の私からみると、世の中にはずい分と判らないことが多い。まず第一に、一番強いものに味方する心理が判らない。野球は巨人、相撲は大鵬という人がほとんどだが、私はどちらかというと、二番目くらいが好きだから、阪神とか柏戸びいきであった。

山へゆくにしても、有名な山や観光地は嫌いだから日本アルプスなら北アルプスは避けて南や中央アルプスに歩が向く。「ここは有名な景勝地ですよ、ホラ、きれいでしょう」と押し売りされると、もういけない。そんな宣伝や立札がなかったら、どんなに素晴らしいだろうにと思う、だから、名もなく美しい渓谷にでくわしたりすると、いつまでも立ちつくして感激している。

万国博にも到々行かなかった。閉会式のときのテレビで島津貴子さんが、「来る前にはいろいろ批判的なことを考えていましたが、いざ会場へやってきて、大勢の人々が無邪気に喜んで帰ってゆくのをみて、ああ、これでよかったんだな」といわれていたが、さすが気の利いたことを述べられたもので、私も同感であるが、私自身は行けといわれてもテコでも動かなかったろう。

持ちものにしても、だれでもが持っているものにはさっぱり興味がない。そのお陰で、私の持っていたカメラは、あまりに名の無い会社のものであったので、やがて製造停止になり修理もきかなくなってしまった。二台目のカメラも、あまり見かけないもので、部品が揃わなかったり、アフターサービスが悪くて困っている。

数年前にハワイに滞在した時に買った車も、中古のスチュードベーカーというやつで、これまた米国で生産中止になって、売り払う時に大分損をした。フォードかシヴォレーにしておけばよかったのである。

今はどうしたわけか、最もポピュラーな国産車の一つに乗っかっているが、それでも、ロールスロイスやポルシェなど少しも羨ましいとは思わないのに、少し型の古いローヴァーやヴォルヴォをきれいに手入れして乗っている人をみかけると、こんちくしょうと思う気は治まらない。私の場合、他人が持てないような最高級のものを、というのでない。そんなことを考えたところで貧乏学者の安月給、どうにもなるものでない。高価ではないものの範囲内でなんとかしたいのである。

服装の流行も嫌いなものの一つである。一時は猫も杓子も昼間っからダークスーツを着込んで、日本中が真黒になってオフィス街なんかクロアリの行列のようになったことがあるが、あれもどうしてだか判らない。黒の服は然るべき場所に出る時にはじめて着用し、その時の、普段とはちがう引きしまった身心の状態が、われながら何ともいえずによいものだから、その時のためにとって置きたい。

若い人たちの服装も個性的なようで、実はきわめて画一的、まるで制服のようなものである。「いや、そんなことはない。彼等とてそれぞれに個性のある人間なんだ」と、いくら努力して思おうとしても、あの円い絞りや横文字のシャツをみると、均一に頭の中が空っぽの人種にみえてくるのは困ったものだ。私の頭の中だって決して充実してはいないくせに。世の中、自分の思う通りにできないことが多すぎる。

だから、食堂に入って料理を注文する時くらい、思いっきり自己を主張してなぐさめることにしている。連れがビールとビーフステーキをたのめば、こちらは黒ビールにレバーのバター焼きをたのむ。スコッチウィスキーとくれば、こちらはカナディアンウィスキーとくる。どうにもしょうのないひねくれかたであるが、決して相手よりも高価なものを注文しないのを原則としている。

ハワイにいる時も、一年間朝めしは納豆と米飯で通した。ペンキ塗りの下宿の窓から抜けるような青空とハイビスカスの真赤な花を眺めつつ、納豆をかきまぜてズルズルッとする時、「おお、おれは自らの意思で生きてる」としみじみと感じたものだ。

しかし、こういうひねくれかたは、われながらあまり感心したことだとは思っていない。第一、キザだし、いやらしい。世の中には得々としてひねくれている人物がいるが、私の場合は、そのいやらしさに自分で気付いているから、まだ救われる、などというと更にいやらしくなる。

本当はきわめてまともな人間（自分では堅くそう信じている）なのに、身の廻りのちょっとしたことに変化をつけて、変わった人間だと自他ともに思わせようとしている。これがまた、耐えられないくらい、いやらしい。もし、読者の中にそういう傾向の人がいたら気をつけられたい。そういう性質の人はたいへんにつき合いにくいし、人から愛されない。他人なら、「ぼかぁ、仕合せだなぁ」と思うような状態に置かれたとしても、なんとなく不満で、手放しでとんだり跳ねたりしない。

昔の偏屈者といわれる人の中には、真正ひねくれ症の傑物がいて偉業をなしとげた。今の世の中では変人は高いポストにはつけない仕組みになっているし、本当の変人はあまりみかけなくなった。その代り、私のような仮性ひねくれ症が増えつつある。

これを冷静に分析してみると、世の中の画一化に対する反発と考えられないこともない。文明の発達による画一化は恐ろしい勢いで押し寄せてくる。あらゆる階層職業の人が同じような衣服をまとい、同じような食べ物をとり、規格版の団地の部屋に住み、同じテレビの番組を見る。その中にあって、なんとかして自分だけは個性的でありたいというもがきをする人が一部分に現れてくる。

この種の人間は今後徐々に数を増してくるであろうし、それは規格品の多量生産販売による金儲け主義に一種のブレーキの作用を果し、人々は催眠術から覚めたような状態になるにちがいない。その時こそ、過度の文明に毒された世界から脱し、失われた文化を取り戻す時がくる。そして、程度の軽いへそ曲がり者などは変人扱いされないですむようになり、だれもが自分に最も適した姿で生活してゆくことができるようになるだろう。

（『評点』一九七〇年十二月一日）

2　戦中・戦後の学習院

わが母校、学習院では、小学校、中学校、高等学校のことを、「初等科、中等科、高等科」と呼んでいた。一般にはわかりにくいが、今でもそう呼んでいる。

まず初等科の時代は苦しみに満ちた学童疎開の思い出に埋めつくされている。太平洋戦争の戦火が激しくなった昭和十九年、明仁殿下（現在の天皇）と四年生、正仁殿下（現在の常陸宮）と私のいた二年生のクラスの生徒全員が、親と離れて数名の先生とともに栃木県日光の金谷ホテルへ疎開した。

金谷ホテルといえば超一流のホテル。そんなところへ疎開するなんて贅沢《ぜいたく》な学校だと思われても仕方ない。しかし、行ってみたら、洋室に畳が敷き詰められ、一人一畳の面積が与えられた。

レストランの天井に輝くシャンデリアの下で出される食事は、大豆と押し麦の飯、おかずは芋づるの煮たのに、大根の味噌漬けがほとんど。肉は滅多に見たこともなく、たまに出る魚は鮫《さめ》。太い軟骨も食べずに残すと叱られる。パンの時は、今なら牛馬の餌にする「ふすま」にサツマイモの刻んだものを加え、繋ぎに小麦粉をまぜて作った蒸しパンが出た。それでも、腹が減っていたから、ガツガツと食べた。全員、食べ物の好き嫌いがなくなった。

先生たちもご自分の家族と離れ、大勢の子供たちの授業だけでなく、一日中の生活全体の面倒を見るのだから、今から考えると大変だったろうと思う。今になって先生たちの愛情を強く感じるが、当時の躾《しつけ》は厳しかった。日光の冬はホテルの廊下でも零下の温度になった。そこで毎朝パンツ一枚になり、手ぬぐいで体を擦《こす》る乾布摩擦をやらされた。強く擦って皮膚から血がにじむと褒められた。そのせいか、風邪など引く子はいなかった。

疎開中、もっとも辛かったのは、ボスへの服従だった。子供たちの長期にわたる集団生活は、サルの集団のような関係を生み出すのだろうか。一人の子が突然威張りだした。

何をするにも、その子の許可が要《い》った。「便所へ行ってまいります！」「只今、便所からもどりました！」と、その子に向かって敬礼する。母親が心を込めて送ってきた菓子なども、その子がまず開封して食べたいだけ食べ、残りが本人にくる。親から来た手紙は、その子がすべて検閲する。小学校二年生の子供がやることだろうか。

違反すれば、体罰が待っていた。もっとも軽い刑が往復ビンタ二十発、次に重いのが布団蒸しの刑、最高刑が「蚤《のみ》取り粉の刑」。これは全員がマスクをして、罰を受ける子だけはマスクをせず、ブリキ缶入りのＤＤＴを吹きかけられるのだ。ものすごく苦しい。報復が怖くて、先生にいいつける者はだれもいなかった。それでも、だれも怪我はせず、死にもしなかったのだから、不思議である。今と違って、子供なりに、加減を心得ていたのかもしれない。

初等科、中等科を通じて、先生による体罰も普通であった。Ｙ先生の授業では、お喋りしている子めがけて板書中の先生が振り向きざまチョークを投げ付ける。それが実に正確で、お喋りしている子の眉間《みけん》にピシッと命中する。それでもやめないと、今度は黒板拭きが飛んでくる。もっと始末の悪い子は、全裸になって校庭を走って一周してこいと命じられる。

「お坊ちゃま学校」と言われていた学習院は、実はこういう学校だったのである。特に姿勢にはうるさく、背筋をきちんと伸ばして座れ、ポケットには絶対に手を突っ込むな、眉間にしわを寄せるな、など、厳しく注意された。服装にもうるさく、制服の襟ホックはすべてはめること、制帽は必ず被ること。しかし、中等科・高等科になると違反者が増えたため、体育のT先生が校門の脇の藪に潜んでいて、見付かると掴まえられるはめになった。

成績の悪い子をどしどし落第させることでも、学習院は特別な学校だった。試験中のカンニングに対しては特に厳しく、一度見付かれば落第である。上級生が上から落ちてきてぼくらと一緒になり、さらにまた下級生に落ちていくこともよくあった。

それでも、悪戯や悪ふざけに対しては、寛大な先生が多かった。M先生の冬の授業では、教壇の真上の天井に雪の塊をくっつけておき、授業中に溶け出して先生のハゲ頭にピシャッと落ちてくる。M先生はどなりつけると思いきや「君たちには、もう呆れた。ああ、情けない！」と本当に泣き出されたので、生徒たちのほうが慌《あわ》ててしまった。

ぼくらのクラスには物真似上手なH君がいて、すべての先生の質問に、その先生の声色で答えていた。数学のN先生は完璧なズーズー弁だった。「この問題、やーってみるように、と」といわれたH君「わがらんもんは、わがらんからあ」とやってのけた。すると先生「コッンコしてやっから、ちょっと、こ！」教壇から手招きされたH君「オラ、いがねえ」。
学習院の生徒、卒業生の一番良いところは、初対面の人とキチンと話ができることである。それは、どのようにして教育されたのか分からない。しかし、今の学習院の学生にはその長所はなくなってしまったらしい。

（『文春文庫「ネクタイと江戸前」』二〇一〇年九月十日）

［追記］文中に「ＤＤＴ」とあるが、ＤＤＴは終戦直後にアメリカから持ち込まれたものであり、終戦前に使われたノミ取り粉は除虫菊剤であったろうと思われる。

３　知らないことの幸せ

東北のある温泉宿に泊った時のことである。食堂には団体客が来ていた。窓の外に見える森の連なりを見て、「ああ、まだこんなに大自然に覆われたところがあるんだね」と感激しきり。しかし、その森はすべて一斉に造林されたスギの人工林であった。私自身はそれが残念で、少しはブナの自然林や雑木林が見えればいいのになあ、と思っていたところであったので、感動している団体客を見て、あの人たちは幸せなんだなあと思ってしまった。

私の専門は土壌中に生息するササラダニ類というダニの仲間であるので、その調査のために日本全国の森を訪ね歩いてきた。大学の研究室には助手（今は助教という）がいて、彼の専門が植物だったことから、植物のことはほどんど知らない私は彼からずいぶんと知識を授けてもらった。日本の森林を構成する主要な樹木の名前、それが亜熱帯から亜寒帯まで気候帯が変化するにつれ、どのように変わっていくか。また、人間の干渉によってどのような姿に変化していくかを知った。

水生昆虫が専門の友人で、キノコや山菜に大変詳しいのがいて、彼と一緒に山歩きをすると、シイタケ、マツタケよりももっと美味しいキノコや八百屋では売っていない香り高い山菜を収穫する楽しみを知った。動物に関しては、専門のダニ以外にも蝶や甲虫などの昆虫、蛙や蛇などの名前や習性が私には大体はわかる。こうして、私は普通の登山者よりも多くの楽しみを味わいながら山や森を歩いてきたのだろうと思う。

自然に関して、動植物に対して、それほど深い知識を持たない一般の人たちは、上記のスギの人工林を天然の自然と勘違いするようなことがしばしばおこる。神奈川県鎌倉市には鶴岡八幡宮の森があって、そこにはリスがたくさん住みついている。鎌倉を訪れた人も、鎌倉市民の多くも、「ああ、八幡様の森にはまだリスがたくさんいるのだ」と喜びながら、その姿を見つめている。

しかし、このリスは日本在来のニホンリスではなく、近年になって台湾から日本に侵入してきた外来生物、タイワンリスなのである。日本のリスよりも大型で、電話線をかじり、そのせいで鎌倉市の電話が何回も不通になったことがあり、電話線を補強する作業を行っている。このような有害な侵入者であっても、知らない人たちは「可愛いね」とにこやかに眺めている。

長野県の美ヶ原はツツジの大群落で有名である。高原一面に咲くツツジの景観は見事である。しかし、このツツジはレンゲツツジといって猛毒植物である。誤って食べれば呼吸困難を引き起こすので、ここに放牧された馬はこのツツジを避けて草を食べ、そのためにレンゲツツジだけが一面に残ったのである。私もそれと知りながらこのツツジの花弁をちょっとだけ噛んでみたら、物凄い苦さが舌の上に残り、三日間消えなかった記憶がある。

神奈川県の丹沢に檜洞丸というところがある。標高一六〇〇メートルほどの円い山頂であり、笹原の中に白骨化したようなブナの枯れ木が立ち並んでいる。そこへやってきたハイカーが「なんて神秘的な光景なんでしょう」と感動していた。しかし私たちの調査で分かったことは、自動車や工場などから排出される亜硫酸ガスを含む酸性の霧が麓から這い上がってきて、原生林のブナを死なせてしまったのである。植物学者や生態学者から見れば、見るも無残な森の姿なのであって「美しい」とか「神秘的」どころではないのである。

ここまで書いてくると、一般の人たちの無知を指摘し、あざ嗤《わら》うような調子になってきて、我ながら罪悪感にさいなまれてくる。しかし同時に、スギの人工林を見て感動し、八幡様のタイワンリスを眺めて可愛らしいと思い、丹沢のブナの白骨林をみて神秘的だと感じている人たちのほうがずっと幸せなのかもしれないと思うに至る。なまじか知識があるために、建築材料の確保のために必要であるとはいえ、スギの拡大造林による自然界の生物多様性の低下を嘆き、タイワンリス、ハクビシン、アライグマ、ブラックバスなどの外来生物の侵入を心配し、大気汚染によるブナ枯れに心を痛めている研究者は、なんと不幸なのだろうか。

ひとたび野外へ出た研究者が目にするものは、いたるところみじめな自然の姿ばかりであり、本物の自然にめぐりあって本当に心休まる瞬間はめったに訪れてこない。いつも心配し、嘆き、悲しんでいるのである。知らないということは、なんと幸せなことだろうか。

4　花鳥蟲魚

（『自然科学書協会会報』二〇一四年七月一日）

近頃、聞いてびっくりしたことがある。ある小学生の男の子が鯵《あじ》の開き（干物）が食べられないという。理由を訊《き》くと、「お魚が睨《にら》んでいるから」という。ある中学生の女の子がハイキングに行ったとき、道端に立ったまま林の中に入ろうとしないという。理由を訊《き》くと、「草を踏むと可哀相だから」という。

この話を聞いて私は思った。生命尊重教育や自然保護教育の成果も、ついにここまで来たかと。そのうち、しらす干し・卵・エビの天麩羅などが食べられない子が続々と出てくるのではないかと思う。命を大切にすることは、子供たちに教えなくてはならない。しかし、その教える時期や教える方法は大変むずかしい。「テントウムシは殺してはいけないけれど、台所のゴキブリはどうして殺してもいいの？」と幼児に訊かれたら、なんと答えますか？「カマキリがバッタを捕まえて食べかけているけれど、カマキリからバッタを取り上げて助けてあげなくていいの？」と訊かれたら、どうしますか？

わたしたち人間も含めて、動物は生態系の中では消費者であり、他の生きた植物や動物を食べずには生きていけない。最近言わなくなった、食事の前の「いただきます」というのは、他の生物の命を頂きます、というふうに解釈してもよいのである。ヒグマを仕留めて食べていたアイヌの人たちをはじめ、多くの地域の原住民の暮らし方を見ると、自然の中から自分たちの必要な分だけ、命あるものを有り難くいただくという考えで生活しているのがわかる。

他の生物のことを顧みず、節度も知らずに自然を破壊してきた文明人たちが、今度は何も殺してはいけないという思想に傾きつつある。どちらも、おかしいではないか。

私は機会あるごとに子供たちを野山に連れ出し、食べられる動植物を見付けたら、自分とその家族の分だけ採らせてあげる。そのことによって自然の恵みの有り難さを知り、自然との絆を保っていってほしいと思う。

（『生命の科学』一九九三年七月一日）

5　生き物を種の単位で認識しよう

話をわかりやすくするために、魚屋さんの店先に行ってみよう。買い物かごを下げた奥さんがカレイを買おうとして眺めている。札には「カレイ一匹二百円」と書いてあるがカレイの種名が書いてない。カレイにも種がたくさんあって、日本近海で獲れるものだけでも四〇種以上ある。イシガレイ、マコガレイ、ヤナギムシガレイ、ホシガレイなどはたいへん美味しいが、アブラガレイなどはまずくて食べられたものではない。ただのカレイという種はないのである。

だから、買う人にとって最も大切な商品の品質に関する情報が示されていない。味の割に高いのか、安いのかもわからない。そんなことには無頓着に「これ、二匹ちょうだい」などと奥さんは注文する。私などからすれば、よくもまあ、種名も確かめずに買うもんだと感心してしまう。ひどいのは、ギンダラの切り身に「ムツ」と表示してあることがあった。この二つは、種どころか。所属する科まで違う。では、ムツの切り身のところにはなんと書いてあるのかを見ると、「本ムツ」と書いてあったりする。

これでは詐欺ではないか。肉屋が羊肉を牛肉として売ったらつかまってしまうのに、なぜ魚屋は許されるのか。ついでに、「ギンムツ」として売っている魚がある。これもムツの仲間ではないし、こんな種名はない。正式な名はマゼランアイナメという。メロと言っていることもあるが、最近になってうるさくなったJAS法によれば、ムツという高級魚と紛らわしい名をつけて売ってはいけないことになる。魚は種類が多くて大変だが、本来は魚食民族の日本人の奥さまたち、もう少し勉強して騙《だま》されないようにしていただきたいものである（ギンムツの和名などについては、神奈川県立生命の星・地球博物館の瀬能宏博士にご教示をいただいた）。

あたりまえのことながら、生物は種によって形態も、生態も、分布域も、食物としての味も、栄養価も、みんな違うはずである。魚ばかりでなく、野菜も果物も、皮製品の材料の動物も、家具や柱の材料となった樹木も、同じことである。生物を種の単位で識別し、判断することが大切なのである。

私たちの生活に密着した生物はもちろんであるが、自然界の動植物についても、それらを種として認識することは、誠に大切である。そのことによって自然に対する理解は格段に深まるし、野山を歩いている時の感動もはるかに高まるのである。樹木や草の種名がわかり、キノコの種名や区別法を知り、鳴き声を聞いただけで鳥の種名がわかり、花を訪れる蝶の種名がわかったら、山行きもどんなに楽しくなることだろうか。

生物の種名を調べ、その形態を記載したり、命名したりする学問を分類学という。一般には古臭い学問、あまり役に立たない学問と思われている節もあるが、その重要性は見直す必要がある。生物の種名を知ることは、その生物に関するあらゆる情報を得るための部屋の扉を開く「鍵《かぎ》」をもつことになるといってよい。その鍵を持てば、図鑑を引いて調べることもできるし、さらに詳しい文献を探索することもできる。その種がどの程度珍しいものか、人間の生活とどのようなかかわりがあるのかもわかってくる。とくに、毒蛇と無毒蛇、毒キノコと食用キノコの区別になると、命にもかかわってくる。

ところが、一般の人の頭の中では、ほとんどの動植物が「類名」で認識されているにすぎない。先ほどのカレイのほか、イワシ、タイ、カラス、ツバメ、ツル、サル、クマ、トラ、ミミズ、カメムシ、ゴキブリなど、みんな類名であって、種名ではない。それに対して、ヒラメ、カサゴ、キス、イモリ、トカゲ、トビ、タヌキ、キツネなどはれっきとした種名である。この辺の区別が難しい。

どういうわけか、日本人は情緒を掻きたてる鳴く虫に関してはきちんと種名で区別している。キリギリス、クツワムシ、スズムシ、カネタタキなどである。蝉もミンミンゼミ、アブラゼミ、クマゼミ、ツクツクボウシ、ヒグラシなど、きちんと種として聞き分けている。他の生物も、こうなるとよい。シオカラトンボ、オニヤンマ、ギンヤンマもよろしい。しかし、ムギワラトンボという種はない。これはシオカラトンボのメスである。アカトンボという種もなく、これはナツアカネ、アキアカネ、ショウジョウトンボなど赤いトンボの総称である。

世の人々は、この地球上にはさまざまな種類の人間とさまざまな種類の動植物が生息していると思っているが、それは半分は間違いである。動植物はいまのところ一四〇万種といわれているが、人類はひっくるめて、たった一種である。その、たった一種のヒト(*Homo sapiens*)という生物が、この地球上の百万種類以上の生物の運命を握っていることに思いを致す必要があろう。

ある種の生物の絶滅は、その種が地球上から完全に姿を消すことを意味する。一種類くらい……と思うかもしれないが、種として地球上から消え去ることは誠に恐ろしいし、悲しいことである。この一種をヒトに置き換えてみるがいい。

(『地球環境大学会報』二〇〇八年六月三十日)

［追記一］「アブラガレイなどはまずくて食べられたものではない」と書いたが、魚屋さんに怒られそうである。「非常に美味」と記してある図鑑もある。ただし、とても脂っこいカレイなので、私の好みには合わない。また、ちょっとでも鮮度が落ちると独特の臭みが出るので、私が食べたのはあまり新鮮ではなかったのかもしれない。

［追記二］二つ前の項では「知らないことの幸せ」を述べながら、ここでは「知っていることの幸せ」について述べたようだ。明らかに矛盾している。どっちなんだ、と読者に叱られそうであるが、筆者の気持としては後者を主張したく、前者の文章は「皮肉」と受け取って読んでいただきたい。

6　一度でいいから、やってみて！

世の中には、自分が体験したこともないのに、それを相手にやらせる商売がある。そのたびに私は腹が立ってしかたない。一度でいいから、立場を逆転させてみてくださいよ、と言いたくなる。そんな例をこれから列挙してみよう。

「お医者さん、一度でいいから飲んでみて」胃腸のレントゲンを撮る時のバリウム。昔と違って、今のは少しはおいしくなったけれど、その前に飲む、あの酸っぱい液体が困る。胃の中にガスを発生させて胃壁をのばすためらしいが、飲んだあとはゲップをしないでくれという。しかし、堅い板の上に乗せられ、右むけ、左むけ、頭を下げるぞ、などとやられてもゲップを出さないでいるのは至難の技である。

アクビやオナラは我慢できても、クシャミとゲップは生理的に止めることはできないものだ。耐えかねてゲップーとやってしまうと、「あーあ、出しちゃった」と嘆く。お医者さんもレントゲン技師も、一度やってみてくださいよ。

「板前さん、一度でいいから食べてみて」大広間にズラーッと並んだ宴会料理。食事のもてなしの基本は客が席に着いてから、順繰りに料理を出すものであるが、大宴会ではすでにほとんどの料理が並んで待っている。それでも風呂から上がった連中はワイワイガヤガヤとうれしそうに座布団に座る。冷えきった茶碗蒸しに焼き魚、生温かくなった酢のもの。おそらく、調理場の板前は味見して「ウン、よし」なんていっているのだろうが、作りたてなら旨いにきまっている。

どんな料理も部屋の温度に近づくほど、まずくなる。板長さん、一度宴会場に座って食べてみて。

「車掌さん、携帯電話はデッキで使えというけれど、デッキに出たら騒音で話なんか聞こえないよ。やってみて」「エレベーター屋さん、ドアが閉まらないようにしたい時、あなたなら咄嗟《とっさ》にどっちのボタンを押す？　大抵は違うボタンを押してしまうよ。これならわかるというボタンの表示を見たことない。もっと、考えてよ」「納豆屋さん、納豆についてるタレとカラシの袋、手や衣服を汚さずに破れますか？　やってみてよ」

まだ、いくらでもあるけれど、あまり腹を立てると身体によくないので、この辺にしときましょ。


（『社会保険』二〇〇二年四月一日）

7　シルバーシートの失敗

私もいつのまにやら六十七歳になってしまったので、電車に乗るとついシルバーシートのほうを見てしまう。もう、この年になったら座らせてもらってもいいかなあ、いやまだ早い、お年寄りというのは何歳からなんだろうか――などと考えながらシルバーシートを見やると、何人もの元気そうな若者が大股広げて堂々と座っている。

「君たち、ここがシルバーシートだってこと、知ってて座ってんの？　それとも気付かずに座ってしまったの？」と訊いてみたい衝動に駆られながら前に立つが、席を譲ってはくれない。眠ったふりをしているのは、多分わかっていてもまあいいやと座っている連中だろうし、悪びれる様子もなく目をパッチリと開けている連中は気付いていないのだろう。率は半々ぐらいか。

わかっていて座っている連中は、もうどうしようもない。説教でもしようものなら、殴られるか、下手すると殺されかねないから、そっとしておこう。学校で「修身」の授業を復活させろとはいわないが、「マナー」を教える時間をつくるしかない。しかし、気付かないで座っている若者に対しては、対策があろう。

大体、電車に乗り込んでくる人々の目線を観察していると、まず空いているシートを探す。つまり、シートの表面だけを見ていて、窓ガラスなど、見やしない。窓にいくら「優先席」だの「ゆずりましょう」などと書いてあっても目に入らず、座ってしまえばそれは目線の後ろになってしまう。シートの色がほかと違うではないかと言ったところで、そんな違いは空っぽの電車に乗ってみて初めてわかることである。

すなわち、これは乗客の心理と目線を無視した愚かな指示なのである。もし、やるなら、お尻を乗せる面に直接「老」とか「銀」とか書いておくしかない。そうすれば、さすがにその文字の上にお尻を乗っける若者は少なくなるだろう。

一昔前は、などというと老人の繰り言になるが、年寄り、身重の女性、小さな子供を連れた人、けがをしている人などが乗ってくれば、誰でも率先して席を譲ったものである。重たそうな荷物を持った人が前に立てば、必ず「お持ちしましょう」と声をかけて席は立たずとも、その荷物をひざの上に乗せてあげた。最近は生命尊重教育、動物愛護教育などの思いやりのための教育がこれほど盛んに行われているのに、効果はさっぱりない。

シルバーシートは今の若者を甘く見すぎた大失敗である。好意に期待してもだめそうだから、せめてそこだけはと「優先席」を設けるなど、人間性を無視した考えであり、若者に対しても失礼である。

どうも、日本の鉄道会社は乗客に対しておせっかいを焼きすぎる。降りる方が済んでから乗れ、駆け込み乗車はするな、忘れ物はするな。そんなことをいちいち車掌や駅員に注意される筋合いはない。それを注意しなかったら、大変なことになるのだったら、日本人の民度は相当に低いことになる。

あえて言う。そもそも電車やバスの席は全席シルバーシートなのである。

（『神奈川新聞』二〇〇三年二月二日）

［追記］　この記事が神奈川新聞に掲載されるとすぐ、それを読んだ横浜市の交通局長が「青木教授の言うとおりだ」と私の意見に賛成し、横浜市営の地下鉄の座席を「全席シルバーシート」に指定してしまったのである。驚いたのはそのエッセイを書いた私である。全車両のガラス窓に貼られた「この地下鉄は全席シルバーシートです」を眺めてとてもうれしかった。その後、この貼り紙は「全席優先席」に変わり、しばらく続いた。しかし、どうしたわけか一年後には貼り紙が外されてしまった。「どこに座っていようが、老人や体の不自由な人が来たら席を譲るのが当たり前ではないか」という私の真意が通じることなく、優先席と言う特別席が無くなったら、「われわれ老人は座れなくなってしまう」と怒ってきた老人がいたらしい。人の温かい心や思いやりに期待した私の考えが甘かったのだろう。残念だ。

しかし、不思議なことに、最近は車内が込んできても、優先席だけが空席を残している光景がよく見られるようになった。若者や中年の人たちの心に人間らしさが戻ってきたのなら、こんなうれしいことはない。私の「シルバーシートの失敗」というエッセイは「失敗」だったことになる。

八十二歳になった今、筆者も心置きなく優先席に座らせてもらっている。

8　旅は道連れ四人掛け

新幹線に乗って、なるほどなあと感心した。

二人掛けの席と、三人掛けの席が並んでいる。これは二人連れや三人連れの客にとっては見ず知らずの客と顔を合わせることなく、大変便利である。さらに四人連れなら、二人掛けの席の一つをグルッと回転させれば四人が向き合って座れる。五人連れなら、二人掛けと三人掛けの席を横一列に占拠すればいい。つまり、旅行中の列車の中でもプライバシーが保たれるということである。しかし、これは果たしていいことなのだろうか。

一昔前までは、列車の座席は向かい合わせの四人掛けと決まっていたから、四人連れ以外の客は誰か他人と同席になった。ちょっと目が合ったときには、なにか話かけた。「いいお天気ですなあ」とか「どちらまで？」とか。

どこまで行こうと勝手で、余計なお世話だろうが、答えるほうもどこそこの親戚《しんせき》のオジイチャンの喜寿の祝いでとか、言わなくてもいいことをしゃべって、話が弾んでいく。そのうち、網棚から風呂敷包みを下ろしてまんじゅうを取りだし、「お一つ、いかがですか」なんてことになる。

ぼくらは子供のころから、そうした大人たちの振る舞いを見て育ってきたから、見ず知らずの人と話しをするのを、なんとも思わないが、大部分の現代日本人はそうはいかないらしい。

列車の中では他人と視線が合うことを避け、なるべく無干渉。困っている人がいようが、知らん顔。めったなことでは口を利かない。無関心というよりか、どちらかといえば、「かすかな敵意」のようなものを抱いて接しているように思える。だから、ちょっとひじが触れたというだけで、相手をプラットホームへ引きずり下ろし、殴ったりする事件が起きる。これは実に悲しいことである。

乗客が快適に旅をできるようにという鉄道会社の配慮が、実はほほ笑ましい人間関係の育成の邪魔をしていることに気がつかない。自分たち仲間うちさえ良ければ、他人のことは知ったことではないという冷たさを育ててしまったように思う。昔の四人掛けの座席は知らず知らずのうちに「初対面の人とわだかまりなく話し、思いやりをかける」教育を施してくれていたのかもしれない。

先日、地方の列車に乗ったら、昔懐かしい四人掛けだった。ぼくの向かいに座った二人連れの学生がせんべいの袋を出して食べはじめた。そのうち「食べますか?」と言ってぼくのほうへ袋を差し出した。実に自然なしぐさである。ぼくも隣の見知らぬオッサンも笑顔で手を出した。それから楽しい会話が始まったのは、言うまでもない。窓の外の景色も、この上なく美しく見えた。

「旅は道連れ」の後に「世は情け」と続くところがいいではないか。

(『神奈川新聞』二〇〇三年六月二十二日)

9 好意が通じないとき

新入生諸君、入学おめでとう。少し不便な場所にあるかもしれないが、緑に囲まれた広々とした環境で、じっくりと知識と教養を身に付けていってほしいと思う。それとともにまったく新しい人間関係が始まるわけだ。一つだけ心に止めてほしい話をしよう。

夜の下りの東海道線の車中で、面白い光景に出くわした。年齢六〇歳とおぼしきオジサンが吊り革に掴まってふらついている。かなりお酒が入っているらしく、そのうちに体が振れてテルテル坊主のように回転を始めた。前の座席に座っていた三〇歳くらいのサラリーマンが見るに見兼ねて立ち上がり、席を譲ろうとした。すると意外なことが起こった。

その六〇歳は礼を言って座るかと思いきや、「おれはまだそんな年寄りではない！」と好意を一蹴《しゅう》したのである。三〇歳は怒った。「私がせっかく席を空けたのに、なぜ座らないんだ！」と声を荒げる。周囲の乗客は一体どうなることやらと、固唾《かたず》を飲んで見守る中、しばらく言い合いが続いた。そのうち三〇歳が「私も立ってしまった以上、座れないではないですか。私の顔を立ててくださいよ」といった。するとどうだろう。六〇歳は「よし、おまえの顔を立ててやる」といってやっと座ったのである。

この話を聞いて諸君はどう思うか。気心の知れた間柄は別として、相手のことを思って好意でやったことが、相手を怒らせたり、傷つけたりすることがしばしばある。それは悲しいことだが、そんな時、こっちもずっと怒っていたのでは、おしまい。理屈をいうよりも、ちょっとした機知に富んだ言葉がその場を救うことがある。

電車が大船駅に近付いた頃、「おれが言い過ぎた。ごめん」と六〇歳が謝った。そして二人は「その辺で一杯やりましょう」と肩を組んでプラットホームへ降りてしまったのである。まわりの乗客は手を叩いて笑い転げたものである。

（『横浜国立大学広報』一九九六年四月）

10　サービスの違い

現代の日本人の生活は、日本古来の和式と欧米式のごちゃまぜである。それは衣食住のあらゆる面にみられ、しばしば洋皿に刺し身を盛って出されるような悲しい目に出くわす。しかし、そのようなことは、やがて慣れが解決してくれるだろうが、そうはゆかない困った問題がある。それは人と人との関係における和式・欧米式のごちゃまぜである。

特に、サービスということに関しては根本的な違いがある。早い話がホテルに泊るとしよう。フロントでは部屋はシングルかツインかダブルのどれがよいかたずねる。食堂のメニューには各種のコースが準備され、丁重なウェイターは卵を何分ゆでるか、ワインは何度に冷すかまでたずねる。要するに、客は金を払う以上、自分のあらゆる要求を明示し、ホテル側はできるかぎり多くの選択項目を用意しておくのがサービスとなる。

日本の旅館はどうだろう。玄関では、せいぜい「何人様ですか」と訊くだけで、あとは全くなにもいう必要はない。だまっていればよいお部屋に通され、風呂から上れば客の好みは聞かずに御馳走が並んでいる。客は注文をつけるよりも、どんな食事がでるかわからないことを、むしろ楽しみにすらしている。サービスはすべて、サービスする側の察しによってなされる。

欧米の家庭で、夫が新聞を読んでいるとする。妻君が入ってきて、コーヒーをいれましょうか紅茶にしましょうかと訊く。コーヒーと答えると、砂糖は？　ミルクは？　…と訊く。つまり選択肢を与えるのがサービスである。

日本の妻君がこんなことを言ったら、「おまえは何年おれの女房をやってんだ」とどなられてしまう。奥さんは旦那の好みをよく承知していて、たとえばぬる目の濃い番茶が好きなら、それをそっと新聞の陰に置いて、だまって立ち去るのがサービスとなる。

今は日本でも欧米式のサービスをする場合、あるいはそうする人が多くなってきたために、時々混乱が起り、対人関係がうまくゆかなくなる。親切のつもりが、うらまれたりする。

私は、絶対に和式賛成である。そこまで欧米式になってゆくのが悲しい。欲望・権利をむき出しにするよりも、相手の察し、心づくしを喜びたい。たとえ、それが自分の要求に合致しなくとも。そこには、物よりも心を大切にする日本人の美しさがある。そのほうが人類として、ずっと高等だと思う。

（『大法輪』一九七六年六月）

11　豆博士が育つ森

「小さな夢」といわれて、はたと困った。なぜって、ふつう夢というのは大きいものと決まっているのではないんですか。実現可能な小さな夢なんて、夢じゃない。

小さな夢なら、いくらでもある。毎週一回、上等な鰻丼を食べたいとか、狭くていいから好きな野菜を作れる畑がほしいとか、囲炉裏のある部屋を作って、狸の毛皮を尻に敷いて鍋をつつきたいとか、ジャガーの古い年式の車に乗りたいとか、南の島で一〇日間くらいボーッとしていたいとか、渡り廊下をとんとん踏みしめて、雪に埋もれた露天風呂に浸かりたいとか、一ヶ月くらいホームレスをやってみたいとか。

大きいか小さいか、わからないけれど、夢といわれたら、そうだなあ、私が勤務している小田原の博物館の近くに一山買って、そこを子供たちの遊び場に開放したい。「自然を大切にしましょう」とか「虫を採ったり、草花をちぎったりしては、いけません」などという立て札は一切なし、子供たちは何をしてもかまわない。口うるさく注意する大人がやってきたら、追い払ってあげよう。

木を切って掘っ建て小屋を作ろうが、穴を掘って潜り込もうが、勝手にしたらいい。その代わり、お母さん、小川に落っこちたって、木登りで足を滑らせたって、そんなことは、あたしゃ知りませんよ。ガキ大将の兄ちゃんがいるだろうし、友達同士で助けあえばいいんだ。

森の中にはおもしろいものが一杯ある。キノコ、虫ケラ、木の実、石ころ、鳥の羽、動物の骨、トカゲの尻尾、なんでもいい。へんなもの見付けたら、博物館に持っておいで。親切な学芸員の先生が何人もいて、きっと名前を教えてくれたり、飼いかたや食べかたも教えてくれるかもしれない。

興味が出てきたら、なんどでも森へ行き、しつこく博物館を訪ねるといい。そのうち君は豆博士になる。そして大人になったら、何人かは本物の博士になるだろう。お仕着せではなく、真に自然を愛し、大切にする次世代は、こうした体験をしてこそ育つものだと、私は信じている。

（『新時代の博物学検討フォーラム』二〇〇四年一月）

12 超一流と二流

結婚披露宴に呼ばれて、何か一言といわれた時、私はよくこんな話をする。「二流の人間は遊んでばかりいて、さっぱり仕事をしない。一流の人間は仕事ばかりしていて、ほとんど遊ぶということをしない。ところが、超一流の人間になると、実によく遊んでいる」と。遊び人間の新郎は、自分は超一流だといわれたのだ、と勝手に判断してニコニコしているし、参列者の方はまた別の受け取り方をしてニヤニヤと笑っている。超一流と二流は見かけの上でよく似ていることが多いのである。

プロテニス選手のフォームを見てみるがよい。二流選手のフォームはきたないが、一流選手（世界ランキング一〇位～二〇位くらい）になると、正にわれわれが手本とすべき美しいフォームで球を打つ。ところが、超一流選手になると、マッケンローにしろ、コナーズにしろ、ボルグにしろ、決して美しいフォームとはいえない。マッケンローのレシーブの時の構えときたら、ラケットの先を斜めにダラリと下げて、片足を前に出して、まるでテニスを始めたてのド素人がおどおどしているのと、そっくりである。

一流の学者は、一目見ただけでそれとわかる学者らしい風貌をしているし、一流の画家はいかにも芸術家らしい風体をしている。しかし、超一流となると、およそ学者らしくもなく、画家らしくもない。どこか、そこいらのオッサン風である、ということのほうが多い。財界のお偉方にはハゲが多く、政治家にはハゲがいない、というのが世間の通り相場になっている。もし、政治家で頭髪の極めて薄い人がいたとしたら（仮定）、その人は超一流か二流かのどちらかなのだろう。

話変わって、人間はこの地球上に、自分たちにとって住みよい環境を少しでも多く作り出そうと努力を重ねてきた。無用な植物が生茂り、人に害を及ぼすような動物や虫がウジャウジャといるようなところは、文明人の住み場所としては二流地である。人間にとって一流の居住環境作りは、ヒト以外の生物種をできるだけ排除することにあった。地表はほぼ完璧に無機物で覆われ、清潔で便利な都市が日本のあちこちに誕生した。

しかし、そのような環境で楽しく生きるためには、人は積極的に、多くの場合お金を払って楽しみを求めなければならなくなった。よい身なりをし、性能のよい車にのり、おいしい食事を出すレストランに入る。野球をみる、テレビをみる。要するに、何かしていなければ楽しくない。その合間、つまり何もしていない時は、退屈で気分は暗く、いらいらしている。

朝起きて窓を開けただけで楽しい。道を歩いているだけで楽しい。そういうことがなくなった。街には音《おん》があふれ、音《ね》がなくなった。匂いがあふれ、香りがなくなった。私たちが一流の環境、一流の生活と考えているものの中に、ふだんの生活そのものの楽しさはすでに失われてる。

一流はどんなにしても一流止まりである。環境も、生活も、人間も、酒ですら、二流のものの中に超一流が潜んでいる。

(『環境衛生』一九八七年六月二十五日)

13　第四次性徴の喪失

男なら、である。もし人前で頭髪が乱れたら、さも頭が痒いといわんばかりに鼻にしわを寄せ、歯を喰いしばるような顔つきで、両手の指を熊手のような形にしてガリガリと髪を掻きあげるものである。さもなくば、もっとスマートに尻ポケットから櫛を取り出して二回か三回（四回以上だといやらしい）髪をなでつけたら、さっと櫛をしまいこむものである。

ところが、である。電車の中で私の前に席をとった若い男は、左手の指を三本しなやかに使って、乱れた髪を左から右へ何度も何度もなでつけたのである。しかも、女性がよくやるように、手先と同時に、あごを心もち持ちあげて首をゆっくり動かしている。私は思わず吐き気を催した。こんな動作は昔の男は決してやらなかったはずである。

よほど下等な動物を除けば、ミミズやカタツムリを例外として、動物はほとんど雌雄異体である。つまり、雄と雌の区別がはっきりしている。この違いを性徴という。もっとも根本的な違いは生殖腺にあって、卵巣があるか精巣があるかというようなことで、これを第一次性徴という。生殖腺の附属物や外部生殖器のちがいは第二次性徴と呼ばれる。それ以外の雌雄の違い、たとえば体形や体色のちがい、人間でいえば男の骨の太さ、ひげ、女の乳房などは第三次性徴という。更に形から離れて、心理面や行動面での違いは第四次性徴といってよいかもしれない。

先ほどの電車の中の若い男の場合には、この第四次性徴が失われかけていると見られる。

身につける衣服の選択も第四次性徴の現われと考えられるが、現代ではもう、男の着ない色というのはなくなった。紫・ピンク・黄緑色、なんでもござれである。〝重ね着ルック〟とやらも男がとり入れる今日此頃である。だから、前を歩いている人間が男か女か区別のつかないこともしばしばである。追い越しざま振り返ってじっと眺めても、まだ判別がつかないで、背筋がぞっとすることもある。

これは一体どうしたことかと考えてみるに、その原因はどうも第三次性徴の価値の低下にあるらしい。高等でない動物では雄は単なる〝種《たね》つけ役〟であって、雌よりも小さく、はかない存在であることが多い。雄が体格も立派で力も強いというのは、哺乳類の段階になって始めて定着した現象らしい。雌を奪い合い、雌や子を保護し、外敵を撃退する役目が種つけ以外に雄に課せられた結果である。

特に、一夫多妻制のマッコウクジラやセイウチなどでは雄は巨大で力強い。サルの社会でもそうである。ところが、人間は一夫一婦制という不自然な制度をつくり出して、しばらくそれに従ってきたためか、それとも人間を襲う猛獣が減ってしまったせいか、あるいは文明の利器の発達が男の力を肉体から分離させ、道具や機械や金に托してしまったせいかしらないが、いまや男の肉体的な力はあまり必要ではなくなってきた。それどころか、この力をやたらに使うと罰せられる世の中である。

つまり、女からみれば男の第三次性徴とはあまり価値のないものになり下ってしまったのであり、男のほうとしても、それを誇示する意味がなくなってしまったのである。したがって、第三次性徴を一層目立たせるための第四次性徴も失われつつある、というのが私の考えである。

いいかえるならば進化とともに哺乳類が獲得してきた性徴の分化は、現代文明国の人類に至って再び失われつつあり、その点では魚よりもっと下等な動物の雄に近くなってきたわけである。

今の若者にはヒゲがあるではないか、という人がある。しかし、昔のヒゲは「おっかない」ひげであった。今のは違う。ある種の主義やムードを共通にもつ人間グループのトレードマークであり、男や力を誇示するためのものではない。女がヒゲをはやさないのは、単にヒゲが生えないという理由だけからであって、もしできることなら、きっとヒゲ女が出現するだろう。

とにかく、男は力強くあるべきだという考えをもっていたし、今でもそう思っている人間グループにとって、第四次性徴を失った男はどうしても薄気味悪い。しかし、これから先どうなるか、ちょっと楽しみでもある。

（『日本之経済』一九七二年十月）

14　無関係の関係

今から二〇年ほど前、私が国立科学博物館研究部に勤務していた頃のはなし。さすがに博物館だけあって、人間も珍しいものを集めてあって、同じ背広を二着持っていて何時も同じ服装でやってくる人、毎日水筒に井戸水を汲んできて自分だけ旨いお茶を飲んでいる人、昼飯は餅を焼いて納豆と混ぜて食べることに決めている人、等々である。

そんな人達の中にS君というのがいて、毎月一回おもしろい飲み会があるから来いというので、出掛けてみた。集まった連中を見ておどろいた。地質学者、商店主、画家の卵、拳闘の選手、その他およそ関係のない仕事の持ち主ばかりが酒を飲みながらワイワイ騒いでいる。S君いわく、仕事がいきづまった時、とんでもなく違った職業の人間の話を聞いていると、すばらしいアイデアが得られたり、発想の転換ができたりするんだという。

確かに、私たちはあれこれ思いを巡らしたつもりでも、決まった枠の中を行ったり来たりしているだけ、ということが多い。そんな枠を突き破って新しい考えに到達するためには、一見無関係な人達と話をするのがいい。その場で直ぐに役立たなくとも、頭の隅っこに一寸引っ掛かっていたことが、ある日突然役に立つかも知れないのだ。

名称は肩肘張っているが、わが「かながわ研究交流促進協議会」もそんな趣旨で発生したのなら大変結構なことである。ただし、堅苦しい雰囲気の中ではお互いに枠を固持してぶつかりあうだけでダメである。近頃はシンポジウムやフォーラムが盛んであるが、二、三人の演者が話をして質問がパラパラとあったり、なかったり。これではただの講演会となんら変わりはない。

シンポジウムとはギリシャの symposion、すなわち「酒飲みパーティー」がもとである。酒のでないシンポジウムは本物ではないのである。たまには古代のシンポジオン形式でやってみるのもよいかもしれない。

（『かながわ研究交流』一九九二年三月）

15　テニス狂い

昨日は若い人たちとテニスを楽しんだ。パワーではとても若い連中にかなわないが、そこは技で応戦して、なんとかしのいだ。勝負の結果はどうあれ、この季節はアフターテニスのビールがめっぽううまい。五臓六腑《ろっぷ》にしみわたる。

スポーツにもいろいろあるが、野球が好きだという人はほとんど球場やテレビで見ているだけで、自分で野球そのものをやる人は少ない。ゴルフが好きだという人は、やるのも好きだし、見るのも熱心だ。

テニス好きの人は、見るよりもやるほうが好きだ。ぼくが入っているテニスクラブでも、テニスの大きな大会の試合中継をロビーのテレビでやっていても、ほとんどの人が見向きもせずにコートに飛び出していく。もう、体を動かして球を打つことが、うれしくてしようがないのである。

ゴルフの最中に脳や心臓の急性疾患で倒れた人の話はよく聞くが、テニスのゲーム中に倒れた人をほとんど知らない。テニスのほうが過激なスポーツだと思うが、どういうわけだろうか。

ゴルフではホールに球をいれるまで長時間徐々に集中力を高めていかねばならない。相手はいるけれども、直接絡み合うわけではなく、プレッシャーを与えあい、しかも全責任は自分にある。そこが心理的につらいところらしい。運動量ではないのである。

テニスでは、相手がものすごいショットを打ってくれば、返せなくて当たり前。こちらが素晴らしい球を打てば、胸がすく。一発一発の勝負が短時間で決まる。そんなにストレスがたまらない。ただ、普段私たちがするのはダブルスであるから、敵のほかに味方がいる。その相手に気を遣う。

おもしろいことに、夫婦で組むと決して結果は良くない。「あなたが悪い」「おまえのせいだ」と責任をなすりつけあう。どんなに普段仲の良い夫婦でも、そうなる。よその旦那や奥さんと組んだほうが、はるかに良い結果が出る。

しかし、親子のペアは大変にうまくいく。互いにかばいあい、あやまり、ほめあう。普段仲の良くない親子でも、そうなるから不思議だ。

オバサンたちのテニスもすごい。週に三日も四日もコートに通い、真っ黒に日焼けして、家事のほうはどうなっているのだろうと心配したくなる。週一回しかプレーできない旦那族は簡単にやっつけられてしまうことも多い。前方に走ることの苦手な彼女たちに、絶妙なドロップショットを打つしか勝つ手はなさそうである。

先日、八十二歳と九十歳の高齢者のお相手をした。よくもこの年齢までテニスを続けておられるものと驚嘆した。さすがに走れないし、打球はすべてスライスだが、豊富な経験と直感力によって、球の来る方向にスッと動き、相手のいやがる場所に球を落とす。やはりテニスは意地悪なスポーツであるらしい。

（『神奈川新聞』二〇〇五年七月二十七日）

16 数字の色

こんなことはもう、色彩心理学の専門家によってとっくに調べられていることなのかも知れないが、専門外の文献を調べるのもめんどうくさいので、私の大発見のつもりで書くことにする。

最初、私の頭がおかしいのかなと思ったが、私からみると数字に色があるのである。二桁の数になるとあまりはっきりしなくなるが、少なくとも一から一〇まではははっきりして

色＼数字	白	赤	ピンク	オレンジ	茶	クリーム	黄土	黄	黄緑	緑	淡青	青	紫	灰	黒	解答数	解答率(%)
1	40	10	1					1				1		1	1	55	35.3
2	1	9	15	2				10		1			1			39	25.0
3	1	3	3	4				24	1	3	6	1				46	29.5
4		3	7	5	2			7	2	1		3	1	2	4	37	23.7
5		16			1			3		12		8	3	2	7	52	33.3
6	1	1	2		7	1	1	3	1	2	3	4	2	1		29	18.6
7		3	2	5				4	7	2	4	9	6		1	43	27.6
8	2	7	1	1	5	1		1		6	1	1	1		1	28	18.0
9		2		2	3			1		3		3	3	5	4	26	16.7
10	3	2		1	1	1		1		1		1		1	9	21	13.5

数字（1～10）に対して感じる色の分布。高校1年の女子156名を対象に調査（1960年）

いて、一白、二朱、三黄緑、四黄、五黒、六水色、七橙、八茶、九灰、一〇赤なのである。

そこで、今から二〇年以上も前の話になるが、東京のJ女子学園に非常勤講師として勤めていたころ、高校一年の女子一五六名に紙をくばり、一から一〇までの数字に色があったら書いてほしいと注文した。約半数の生徒（七七名）は「数字に色なんてありませ――ん」と女学生特有の合唱をしたが、残りの半数（七九名）の生徒は色のある数字もあるという。その結果を表にまとめてみると、かなりおもしろいことになった。一は断然白が多く、次いで赤。二はピンク、黄、赤が多く、三はずばぬけて黄が多い。五は赤か緑、一〇は黒。ところが、四、六、七、八、九についてはあまりまとまった傾向を示さない。小学生の息子二人に聞いてみたら、私同様にはっきりと色があって、兄弟よく似た傾向を示した。カミさんのほうは九が紫というのはすごくはっきりしているが、あとは色なんかない、という。

おそらく、人それぞれのさまざまな体験が数字にまで色の感覚を与えてしまったのだろうが、不思議な現象である。私はすっかりおもしろくなってしまって、○、△、□などの形や直接色とは結びつきそうもない漢字、たとえば、強、休、内、悲などを出題してみると、やはり相当に色を感じる人があって、色の傾向も一致することが多いのを知った。

本来色のないものにまで色を感じてしまうタイプの人の頭の中はかなりカラフルであって、それがよいことかどうかは知らないが、芸術家や詩人には向いているような気がする。

(『月刊健康』一九八二年十二月一日)

17　ぶつかる日本人

人ごみを歩いていると、向こうからくる人によくぶつかる。ぼくだけかと思ったら、ほかの人たちもよくぶつかっている。しかも、だれもいちいち謝ったりしない。

どうしてなのか、考えてみたら、第一の原因がわかった。ぼくが子供のころは人も車も日本では左側通行だった。それがある時を境に突然「人は右側を歩け」ということに決められた。対面交通といって、そのほうが車と人の事故が少なくなるという発想である。

しかし、長年の習慣で無意識に左側を歩いていたものを、急に変えられるわけがない。意識して右、右と自分にいいきかせながら歩いているうちはいいが、狭い道で相手を咄嗟《とっさ》に避けるときなどは今でも反射的に左に避けてしまう。

相手が右側歩行に慣れている若者の場合は咄嗟に右に避けるから、同じ方向に身を寄せることになり、ぶつかりそうになる。慌てて二人とも反対方向に身をかわす結果、またもや同じ方向に寄ってしまい、すでに二人の距離はなく、ぶつかってしまう。当分の間、年配者と若者の歩行衝突は続くであろう。

いくつかの駅では「ここでは左側通行」などというまったく勝手で無理な注意書きがある。せっかく右側通行に慣れた人々が、混乱するだけである。また、寺院の建物の中では、いまだに左側を歩くことに決められているので、注意しなければならない。

第二の理由は、日本人の歩く姿勢の悪さである。前かがみ、うつむき加減の人が多い。このように視野の狭い状態でせかせかと歩くから、ぶつかるのは当然である。

欧米人はもちろん、同じアジア人でも、他国の人々はもっと胸を張って悠然と歩いている。急ぐときは、テンポは変えずに大股《また》になる。われわれ日本人は急ぐとなると、歩幅は変えずに、テンポが速くなる。かなり特殊な人種である。衣服だけで格好を付けるのではなく、歩きかたの美しさにもっと気を配ってもいいのではないかと思う。

第三の理由は、大変面白いことだが、ぼくの観察によると、顔を横に向けたまま前方へ歩く人が非常に多いことである。なにか興味のあるものが横にあるのなら、立ち止まって見ればいいものを、そちらに顔を向けながら、歩行はやめずに続けるのである。

後ろから自分の名前を呼ばれたときも、外国人ならば体を肩から回して後ろを向くが、われわれはカマキリのように首だけ後ろへねじ向け、しかもまだ歩いている人がある。これではぶつからないほうがおかしい。

この歩きかたは欧米人から見ると、実に滑稽《こっけい》な動作に見えるらしい。かの有名な喜劇俳優のチャプリンがなぜ欧米人をあんなに笑わせたか。チョビひげ、ドタ靴、ダブダブズボンもさることながら、横を向いたまま前進する、あのチャプリン・ウオークがおかしくてたまらなかったのであろう。

日本人が笑われても、しかたない。

（『神奈川新聞』二〇〇三年十一月九日）

18　太め、やせ、どっちがいい？

ある医学系の大学で臨時の講義を頼まれたことがあった。講義の内容は動物とヒトの違いに関するものであった。聴講する学生が一二〇名ほどいた。こういう機会を利用してはいけないのかもしれないが、あるアンケート調査をした（講義の内容に少しは関係あり）。世の女性はほとんどが「痩せ願望」を持っている。痩せさえすれば美しくなれると信じているらしい。そのことを男性はどう思っているのか知りたくなったので大学生に訊いてみることにした。

まず、女子学生に質問。「貴女は今よりも太りたいですか、やせたいですか？」その解答は八〇パーセントがやせたい、二〇パーセントが太りたいだった。それでも、「太りたい」が二割もいるのが少し意外だった。

次いで、男子学生に「君は太めの女性が好きですか、それとも痩せた女性が好きですか？」と聞くと、八〇パーセントが痩せた女性、二〇パーセントが太めの女性を選んだ。私はこの結果に驚いた。痩せたい女性の割合と、痩せた女性を好のむ男性の割合がピッタリ一致したのである。

私の期待は、この割合が大きくずれ、そのことを女性に指摘し、やたらに痩せたがるのを止めなさいと言いたかったのであるが、見事に外れてしまった。

さらに痩せたいと答えた女子学生にもう一つ質問。「貴女は誰のために痩せたいのですか？　貴女を見る男性のためですか、それとも同性〈女性〉のためですか？」実はこの質問をした私に大きな勘違いがあったことに気付いた。多くの女子学生が男性のためでも女性のためでもなく、「自分のため」と回答したからである。

彼女たちの痩せる目的は男性にもてるためでもなく、意地悪な同性の目を気にするからでもなく、スカートやパンツがきつくて入らなくなることが一番困るのであった。

〔追記〕　もし、同じような調査を中年男女を対象に行ったらどうなるだろうか。その結果は推定であるが、痩せたい女性は九〇パーセント以上、太めの女性が好きな男性の割合は四〇パーセントを超えるであろう。そこには大きなズレが生じるはずである。

Ⅱ　食べる・飲む

1　ダニチーズとギンダラ

化粧品として使われる口紅の赤い色素はカイガラムシから採られたものである。サボテンにつくコチニールカイガラムシ（ラックカイガラムシ）のメスを乾燥させたものからアルコールまたは水で色素を抽出する。カイガラムシの汁と知りつつ、毎日それを唇や頬に塗っている女性の割合はどのくらいいるのであろうか。知らないに越したことはない。

ブルーチーズというカビ付きのチーズは良く知られているが、ダニ付きのチーズがあることをご存知だろうか。ドイツでは昔からある種のチーズを熟成させるためにチーズコナダニというコナダニの一種を用いており、そのチーズをMilbenkäse（ダニチーズ）と呼んで珍重している。

日本でもよく見かけるミモレットという濃いオレンジ色の堅いチーズも、わざとダニをつけて熟成させる。カラスミのような味がして私の好物のチーズであるが、白い表面の皮の部分を見ると、ダニが喰った跡の穴がたくさんあいているのがわかる。チーズの工場に尋ねてみると、ダニをつけないとうまく熟成しないそうである。これも知らないほうが、いいかなあ。

最近騒がれている食品の偽装や誤表記問題も、知るか知らないかの問題になってくる。

今から十年も前のことだが、魚屋の店先にムツと表示した切り身が置いてあった。切り身といえども皮がついているので、これはムツではなく、ギンダラであることを私は見抜いた。そこで、私は「このギンダラを一切れくれよ」と指して言った。そのときの魚屋の主人のポカンと口をあけた顔を今でも覚えている。「だんな、水産学部の先生ですか?」ときた。これは明らかに誤表記(うっかりまたは知識不足)ではなく、偽装(知りながらわざと)である。多くの主婦たちは高級魚ムツだと騙されてギンダラを買っていったことだろう。

よく知られているアマダイも、実はシロアマダイ、アカアマダイ、キアマダイの三種あって、シロアマダイが一番うまく、キアマダイが最も味が落ちる。これをすべて単にアマダイと表示するのは間違いではない。しかし、専門家が鰭の色を見れば、この三種の区別はつく。上記の「ムツ」の場合は許されることではないが、「アマダイ」の場合は許されていい。

ホテルのレストランで出されたエビについては、なかなか難しい。イセエビ科にはイセエビ、シマイセエビ、カノコイセエビ、ゴシキエビ、ニシキエビなどが含まれていて、これらを総称してイセエビと言うこともある。

もし、ゴシキエビを材料にして料理したものをイセエビと表示した場合、イセエビを総称と考えれば問題ないが、種名と考えれば偽装になる。なぜなら、ゴシキエビのほうが味が劣るからである。さらに、これをロブスターと表示した場合も、ロブスターを大型歩行性のエビの総称と考えれば問題ないが、ロブスター（アカザエビ科）とイセエビ（イセエビ科）は違うものだと主張するならば、偽装になるだろう。何も知らないで、美味しい、美味しいと言って食べれば、幸せなのかもしれない。

かつて少年の頃、山道を歩いていて名も知らぬ蝶が目の前の花に止ったのをうっとりと感動して眺めたことがあったが、今だったら「ウラギンヒョウモンかな、いや、オオウラギンヒョウモンだ」などと、見極めてしまう。「名も知らぬ」ところがいいのであって、正式な和名や学名までわかってしまったら、もう幻滅で、詩情も幸せ感も吹っ飛んでしまうのである。

（『自然科学書協会会報』二〇一四年七月一日）

2　あと何食

「六十歳を過ぎると、あと何食《なんしょく》たべられるか数えるようになるんだよ」と若い友人に話したら、ぼくが大の食いしん坊であることを知っている彼はゲラゲラ笑いだして、「だって、先生まだ六十代でしょ」という。でも新聞の死亡欄を見ると、不思議なことに七十代は少なくて、ほどんどが六十代と八十代なんですよね。

二年前に大学を定年退官し、今は週二日小田原の博物館へ行く以外は暇になったはずなのに、なんだかめちゃくちゃに忙しい。ぼくの手帳は二カ月先まで真っ黒けである。でも、今日は珍しく朝から何もない。久しぶりに丸善へ本でも見にいこうかという気になった。

ついでに大丸の屋上の園芸品売り場へ行って、近ごろ集めだした多肉植物の新しい種類を買い足してこようと思った。買い過ぎてしまわないように、昼食代のほか一万円だけ財布に入れて出掛けた。結局、毒キノコの見分け方の本と、かわいらしい多肉植物の鉢を五種類買い求めて日本橋の通りへ出た。

久しぶりにのんびりとした気分で、前かがみになってせかせかと歩く人の群れを縫って高島屋の横丁のうなぎ屋に入る。小さなテーブルが二つしかない小ぢんまりした店が気に入った。一番安いお重を注文し、どうしようかと迷った揚げ句、お酒を一本。今日は水曜日の真っ昼間、でも、ぼくは丸首のセーターにダウンのジャンパー。勤め人じゃあないんだから、いいとしよう。

小皿に載ってきたわさび漬けをつつきながら、ゆっくりと飲む。こんなぼくを、今までだれも見たことないだろう。ちょうど酒がなくなったころ、うな重が出てくる。まるで玉手箱を開けるようにふたを取る。「よくかんで、ゆっくり」とカミさんに言われるまでもなく、今日はゆっくりとはしをつける。うまい。

「日本人はうなぎ食ってる時が一番幸せなんだなあ」とつぶやいていると、白髪のおかみさんが寄ってきた。池波正太郎の小説を思い出したので。その話をする。

お侍が落とした財布を女乞食《こじき》が拾い、侍に届けるとうなぎ屋へ連れていかれ、お礼にうな重をおごってもらう。「こんなうめえもの、食ったことねえ」と涙を流して侍の分まで食べた女乞食は翌朝死んでしまう。仲間の話によると、「こんな幸せな気分のうちに死にたい」と自殺してしまうのだ。

食いしん坊作家、池波正太郎の面目躍如たる一節である。

ぼくはまだ何回でもうなぎを食べたいから、死にはしない。しかし、終戦直後の食糧難の時代に、うまいものにありつくと涙を流して食べたぼくが、年取った今、またうまいものを食べると涙が出るようになった。

あと何食。

（『神奈川新聞』二〇〇三年四月二十日）

3　料理が育たない地

今、この原稿を病院のベッドの上で書いている。入院してから十日あまり、絶食を命ぜられ、点滴だけでまったくなにも口にいれていないので、食いしん坊のぼくは気が狂いそうだ。ものを食べるというのは、単に空腹を満たすだけでなく、いかに精神的満足を与えてくれるものであったか、あらためて痛感した。

テレビをつけて料理番組を探し、食い入るように見つめ、「今度はこれを作ってやろう、あれも食べてみたい」と熱心にメモをとっている自分の姿がいじらしい。いよいよ試食の段になると、なんともうらやましい。

出演者がテーブルにつく。ここでいつも思うのだが、ほとんど例外なく皆さん胸のあたりまで皿を持ち上げて料理を口にいれる。日本を含め、世界中のどこの国でも、皿を持ち上げて食べるなどという不作法は許されない。いくらプロデューサーやカメラマンの注文であっても断固として断るべきである（ああ、また口うるさいジイサンになってしまった）。

その中のある番組の冒頭に突然知った顔の似顔絵が現れた。昔の小田原料理を熱心に研究している米山昭さんだ。本人が登場すると、アシスタントの女の子が「ワーッ、似顔絵そっくり」と感嘆の声をあげた。「似顔絵にそっくり」とは、よく考えるとおかしな表現であるが、事実この人ほど似顔絵が描きやすい人もあるまい。

米山さんがやっている店「米橋」には、ぼくが小田原勤務になった最初の日の晩にふらりと入った。入り口の戸を開けると、「いらっしゃい」とキツネかタヌキが顔を出しそうな店構えで、ぼくはそれが気にいって戸をくぐった。出されるものは、主人がたくさんの文献を読みあさってこしらえた昔の小田原の食べ物。蘊蓄《うんちく》を傾ける主人の話を聞きながら、それらを口に運ぶのだ。

今日のテレビの米山さんは、どうしたわけか、いつもとちがって無口でおとなしい。でも、最後に言い放った一言が脳裏から離れない。「よい産地では、料理が育たないんです

よね」。あまりに食材が新鮮でおいしいので、なにも手を加えずに食べてしまうからとい
う。料理人の言葉としては矛盾しているようだが、これは地元小田原に対する最高の賛辞
と、ぼくは受け取った。

確かに、小田原の魚屋「魚国」をはじめてのぞいたときには驚いた。食べたことのない魚を見つけると必ず買ってしまう性質だから、以前から食べてみたかったマンボウ、刺し身や吸い物にしたら絶品といわれるアカヤガラ、深海魚のようなスミヤキ、オシツケなど、買うものだらけだ。

二日後に控えた腹の手術も、うまいものを食べるためと思えば、楽しみになる。

（『神奈川新聞』二〇〇三年三月九日）

［追記］　本文中に「日本を含め、世界中のどこの国でも、皿を持ち上げて食べるなどという無作法は許されない」と書いたが、その後、テレビの食事のマナーの講座で、「小さい皿なら手で持ち上げてもよろしいのですよ」と女の先生が言っていた。私の思いこみが間違っていたので、お詫びする。

4 鬼蕎麦《そば》、炙《あぶ》り海苔

蕎麦は大好物である。

でも、私はいわゆる蕎麦通ではない。蕎麦についての知識はほとんどないから、なにを書いていいかわからない。

しかし、子供の頃に蕎麦に関して強い印象を持ったことが、二つある。その一つは鬼蕎麦。

当時、私ども家族は祖父母と一緒に鎌倉の稲村ヶ崎に住んでいた。今と違って、年中行事、祭りごと、日々の食事に至るまで、すべては祖母が取り仕切っていた。母はただその手伝いをするだけであった。

毎年、大晦日になると祖母は決まって蕎麦屋に電話して、鬼蕎麦を届けさせた。それは太さが割り箸ほどもある黒い蕎麦で、箸でつまもうとすると、ホロホロと折れた。

鬼蕎麦は大晦日《みそか》にしか注文しなかったし、蕎麦屋のほうも大晦日にしか作らなかった。だからこそ、今年もこれで終わりというけじめが、きちんとついた。

現在も大晦日には蕎麦を食べる習慣があるが、いつも食べている普通の蕎麦だから、つまらない。なんの感慨もない。

ところが、まわりの人達にきいても、だれもこの鬼蕎麦を知らない。

私は昭和十年生まれだが、同世代の人間にきいても、知らないという。

日本国語大辞典、広辞苑、大言海、大辞林、どれにも出ていない。

鎌倉の蕎麦屋さんが作っていたのだから、それほど特別な地方のものでもないだろう。

私の住まいは西麻布にあるので、麻布十番にある蕎麦の老舗、総本家更科堀井までは歩いて行ける。さっそく蕎麦を注文しながら、九代目のご主人に訊いてみた。しかし、少なくとも関東では鬼蕎麦という言葉を聞いたことがないという。「きっと、そのお店独特のものだったんではないでしょうか。色が黒いのは、籾殻《もみ》ごと挽《ひ》いたものだと思いますよ」と専門家の立場から、教えてくれた。

二つ目は、炙り海苔。

小学生の頃、親に連れられて蕎麦屋に入ると、目の前に四角い木箱を置いて一人酒を飲んでいる人をよく見掛けた。

桐で出来たその上品な箱は一辺が十五センチほどで、小さい火鉢のように灰と小さな炭火が入っていた。下のほうには引き出しがついていて、それを引き開けると短冊に切った海苔が何枚か入れてある。その人は海苔を一枚づつつまみ出しては、炭火で炙って香ばしくなったところでパリッと食べては、酒を口に運んでいた。その様子がなんとも旨そうで、じっと見詰めていたものである。

後年になって、「酒は蕎麦屋で飲むのが一番よ。それも、焼き海苔か、板わさを肴にな。二本目のお銚子《ちょうし》をたのむころに蕎麦を運んでもらう。その蕎麦をすすりながら飲む酒がまた、いいんだよ」と、ある老人から教わった。

その頃の蕎麦屋さんの品書きには、海苔だの板わさだのは、載っていなかった。でも、客が注文すれば、きっと出された。通はそれ以外の肴は頼まなかったらしいし、蕎麦屋にもこの二つしか置いてなかったように思う。

この頃のように、天麩羅《てんぷら》盛りあわせ、鳥の唐揚げ、焼き魚、煮物などなど、やたらいろいろな料理が蕎麦屋さんで出されるようになると、なんともすさまじい。あくまで蕎麦が主役で〝蕎麦を負かすようなものは出しちゃあいけねえ〟である。

蕎麦屋さんに豪華は似合わない。蕎麦のほかには、酒と板わさと炙り海苔だけという簡素なところに、風情があるような気がする。

5　乾杯の作法

（『新そば』二〇〇一年二月十五日）

結婚式やなにかで乾杯の多いシーズンとなった。気の利いた料理屋さんなどでは、乾杯用に最初から小さなグラスに梅酒などを入れてあるが、大抵の場合、日本ではビールである。これがあまりうまくないことが多い。

コップにつがれてから長々と挨拶があったりすると、ビールの命の泡は消えてしまい、生ぬるくなるし、まるで小便のようになってしまう。乾杯と言うからには全部飲み干すべきなのだろうが、一口だけ飲んだ人たちが拍手を始めてしまうから、間に合わない。

ぼくが乾杯の音頭をとらされるときは、話が終わるまでつぐのを待ってもらう。最初の一杯だけでも、うまいビールを飲みたいではないか。その後も、コップが空になってからついでもらいたい。まるでビールの味が違う。ちょっと減るとすぐにつぎ足される宴会ビールほど、まずくてビールに失礼な飲みかたはない。わが家でも、お客さんのコップが空になってからつぐように家内に厳命したことがあったが、なかなか実行するのはむずかしい。

乾杯のときに、ガチャガチャとコップをぶつけあう日本式習慣もやめようとしたが、これもまた制止が利かない。わが家の安いグラスならいいが、高価な薄手のワイングラスだったら、気が気ではないはずである。

中国では乾杯（カンペイ）が盛んである。最初だけでなく、飲みたいと思ったら、「〇〇のために乾杯」と掛け声をかけて皆で一緒に杯を挙げる。あるいは誰か乾杯の相手を探して目配せし、同時に一気に飲み干す。

正式な会合では、日本でのように自分一人でグラスを口に運んだらたいへん無礼なことになる。中国ではマイペースで酒を飲むことは困難である。だから、あまり強くない人は最初から飲まないと決め込んでジュースやお茶を飲んでいる。

三十年ほど前、ぼくが初めて中国へ行くことになったとき、日本に来ていた中国人留学生に乾杯の作法を教わった。一番良いのは、と彼が教えてくれたのは、飲み干した杯をキラリと手首を返して逆さまにし、左の肩口から真っすぐに伸ばした腕に沿って袖口までサーッと走らせ、「一滴もたれません」ということを示すのだと言う。

長春《ちょうしゅん》に着いた晩の歓迎会で、ぼくがそれをやったのは言うまでもない。会場が一斉にどよめき、強い芽台酒（マオタイチュウ）の瓶が殺到してきた。ひどく酩酊してしまったぼくの翌日の講演会は惨憺《さんたん》たるもので、演台につかまって立っているのがやっとであった。それ以来、肩口からのオーバーアクションは絶対にやらず、両手の指先で持った杯をチョコッと裏返す控えめなやり方に変更している。

あとは、よくあることだが、法事のときの「献杯」を「乾杯」と言い間違えないよう、これだけはくれぐれもご注意あれ。

（『神奈川新聞』二〇〇三年十月五日）

6　寿司屋で

無性に寿司が食べたくなる時がある。日によっては、どうしても鰻が食べたくなる時もある。寿司が食べたい時には、安さが売り物の店と、種の良さを自慢にする店が家の近くにあまり離れずに共存していて、その時の気分や懐具合によって、どちらかを選ぶ。常連と言うほどの客ではないので、カウンターの中ほどに座る。一度、ふらりと入った店でカウンターの端っこに座り、店のおやじにジロリと睨まれたことがある。カウンターの一番奥の席は常連客のためのもので、普通の客は座ってはいけないと若いころ年寄りに教わったからである。

その他にも、寿司屋にはいろいろと難しいことがある。「まずはビール」という客は寿司の味がわからない客だと軽蔑されるらしい。たしかに、ビールを飲みながら握り鮨をつまむのはうまくない。ビールが飲みたければ、蛸《たこ》なり貝なりの摘まみを頼めばよい。逆に、最初に玉《ぎょく》（玉子焼き）を頼む客は「通」だと言われたりする。まず寿司飯のでき具合を確かめるからだと言う。

でも、私なら、そんなことまでしてあまり好きでもない玉子焼きを食べたりしたくない。寿司飯がまずいからと言って飯を焚きなおさせたり、玉子焼きだけ食べて店を出る勇気もない。しかし、確かに寿司飯は大事である。ほんのりと温かみがあるのが良い。出前のすしがうまくないのは、種と飯が同じ温度になってしまっているからである。

お茶が欲しい時、「あがり」くださいと言うのも、いけない。食べ終わってお勘定をしてほしい時に、「おあいそ」と言うのもいけない。これらは店の側の人間が使う言葉（符牒）なのであるが、これを通ぶって使う客の如何に多いことか。

一番困るのは「一貫」が一個か二個かの問題である。私くらいの年齢層の人は一貫といえば二個に決まっていると思っているが、若い層、いや年寄りの中にも、一貫は一個だと言い張る人が多い、私がよく通っていた寿司屋での出来事。

鰯の炙りが美味しかったので「もう一貫たのむ」と言ったら、寿司屋のおやじが「一個ですか？」と念を押すので、「一貫だよ。二つ」と言ったら、「一貫は一個ですよ」という。わたしは、「いや違うよ。靴だって二つ揃って一足、箸だって二本そろって一膳と数えるではないか」と言いたいのを我慢して首をかしげていると、隣に腰かけて一人で食べていたお婆さんが「そりゃあ、お客さんの言うのが正しいわよ」と援護射撃。もう白髪頭なのに「一貫一個」と譲らないオヤジはプイと横を向いてしまった。

それから、私なりにいろいろと調べてみたが、明快な回答は得られなかった。唯一つ、信じてもよさそうなのが、次の説明である。「昔の寿司はたいへん大きくて、とても一口では口に入らなかった。そこで、包丁で二つに切って揃えて客前に出すようになった」というのである。そうなると、一貫を一個としても二個としても、どちらも一理あるように思えてくる。

今、寿司屋の店頭には揉め事を避けるために「一個一二〇円」などと書いてある。でも、寿司を「一個、二個」と数えるのが嫌だ。せめて「一握り、二握り」と言ってほしい。あまりガタガタいうと寿司がまずくなるので、この辺でやめておこう。

7　男の料理

昔から、「男子厨房に入《い》るべからず」と言われている。その意味は台所などは女性が取り仕切る場所であって、そこへ男子が立ち入ってあれこれ言ったりするのはみっともないからおよしなさい、と言うことだろう。決して、「男性が料理などするものではない」と言っているのではないと思うが、現今ではそのように解釈する人も多いのではないか。そして、今は男性も興味があるならば料理をしても良いし、奥さんも助かるのではないかという風潮になってきている。

私もどちらかと言うと古いタイプの人間であるから、「日本男児」としては少し躊躇するのだが、それよりも食いしん坊の性質のほうがまさり、料理に手を出すことが多い。「どんなものを作るんですか?」とよく訊かれるが、大したものではない。デパートやスーパーの食品売り場をブラブラ歩きながら、これとこれをこうしたらうまいんじゃないかと思いついて材料を買ってくるだけである。私の場合は「思いつき」「ひらめき」が重要なのである。家内のように、まず料理を決め、それに必要な材料をメモし、それだけを購入してくるのとは違う。レパートリーはいろいろあるが、その中から四つだけ紹介する。

「サバ缶のカレー」カレーには豚肉か鶏肉を入れるのが普通だが、海産物もいい。ただし、イカや海老の入ったシーフードカレーというのは、イカや海老の味がカレーで消されているだけで、なんだか美味しくない。もう少し味の濃いものがいい。そこで鯖（サバ）の缶詰をほぐして入れてみたら、これが実に旨い。手間がかからなくて、山小屋で作ると好評。

「納豆オムレツ」ちょっと意外な感じがするが、納豆と卵はよく合う。来客用には卵と納豆をたっぷり使って、どでかいオムレツを大皿でドーンと出すとよい。もちろん、刻み葱を加えてもよい。納豆の代わりに、鮭缶やコーンビーフを入れても美味しい。納豆にはいろいろな調理法が考えられ、納豆の味噌汁、納豆サンドイッチ（辛子を効かせて）もよいし、油揚げに納豆と青紫蘇《あおじそ》（大葉）を一枚入れて爪楊枝で閉じ、油で揚げるのも良い。

「葱《ねぎ》のスープ煮」葱という野菜は料理ではいつも脇役を務めていて決して主役にはなれない。それではかわいそうだと思い、葱が主役の料理を考えた。

太くて良い葱が手に入った時、それを削ぎ切りではなく、長さ四センチくらいにぶつ切りにし、バターを入れて胡椒《こしょう》を効かせた鳥がらスープでコトコト煮込んでみた。葱がとろっと柔らかくなったら火を止める。葱が主役というよりも、材料は全く葱だけで、葱そのものをじっくりと味わおうということである。これを大袈裟に蓋つきのシチュー皿に入れてお客に出せば、蓋を取った途端に葱だけしかないので、あっと驚く。そして一口食べて二度驚くに違いない。

どうしても寂しければ、ベーコンを入れてもよい。しかし、あくまで主役の葱を負かさないよう、小さく刻んでパラパラと入れるだけにすることである。

「白身魚のムニエル」魚はマダイ、メダイ、ヒラメ、シタビラメ、サワラ、大きめのタチウオなど白身なら何でもいいが、イトヨリが一番いい。塩コショウをしてからオリーブオイルとバターで少しキツネ色の焦げ目がつくまで炒める。

重要なのはソースだが、ここで苦労をせずに少しズルをする。キャンベルのスープ缶詰にはいろいろな種類があるが、その中からクリームマッシュルームを選ぶ。本当はクリームセロリがいいのだが、最近は店頭から消えてしまったようである。この一缶を牛乳で伸ばし、生クリームと胡椒を入れて少し煮詰めるだけである。このソースをソテーした魚が三分の二隠れるほどにかけ、その上からイタリアンパセリと真っ赤な粒胡椒（ピンクペッパー）をパラパラと散らせば、白、赤、緑のイタリアンカラーの一皿が出来上がり。

8　ふりかけ

寂しいことに、年齢を一つ重ねるごとに、頂戴するバレンタインデーのチョコレートの数が一枚ずつ減っていく（ような気がする）。そのお返しのホワイトデーは三月十四日ということになっているので、デパートの販売作戦に引っかかっていると承知しながらも、何かお菓子の類を贈ってきた。今年は何にしようかと迷う。しかし、マカロンとかマシュマロなんてつまらない。食べ物なら、なんだっていいではないか。

そこで今回は手作りの「ふりかけ」を贈ることにした。私にとって、ふりかけは何となく侘しい思い出が絡む。戦時中の学童疎開で出されたご飯のおかずが足りなくなると、寮母さんが回ってきて余ったご飯にさっと一匙《さじ》ふりかけをかけてくれたのを思いだす。

でも、今回のふりかけはうんと贅沢な奴を作ろう。まず念頭にひらめいたのは、鯵の干物を焼いて身をほぐしたら旨そうだ。それに紅鮭も加えたら色彩りが良くなる。ついでに鰹節、じゃこ、塩昆布、胡麻、青海苔も入れよう。これらの材料を細かく刻んでフライパンで丹念に炒って出来上がり。早速、ご飯に振りかけて食べてみたら予想通りに旨い。茶漬け、お握りにもよい。解き卵に混ぜ込んで玉子焼きにしたら、これもいい。炒飯にも最適。

すぐに東急ハンズへ行って小さめの広口瓶を買ってきて、出来たてのふりかけを詰める。貼り付けたラベルには、「青木屋特製　魚のほぐしふりかけ」。

受けとった女性たちからは好評を頂いたが、お世辞かもしれない。それにしても「ふりかけ」なんて、何とダサイ贈りものだろう。今度はもう少し洒落たものを考えたほうがいい、と後悔している。

9　鴨南蛮

本当に美味しい蕎麦は「もり」か「かけ」で食べるのがいいらしいが、時には温かいそばが食べたくなる。そんな時わたしが頼むのが「鴨南蛮そば」である。鴨というからには鴨の肉が入っているかと思ったら、大間違い。時には鴨南蛮と言いながら鶏の肉が入っていることもある。これは大げさに言えば詐欺に当たるだろう。正直な店では「鶏南蛮」と壁に張り出している。

しかし、最も多いのは、本物の鴨（マガモ）ではなく、野生のマガモとアヒルの合いの子の「合鴨」を出している店であるが、「合鴨南蛮そば」とは書いてない。野生のマガモは冬鳥として日本にわたってくるので、夏場は出せないのだから仕方ない。場所はどこだったか忘れたが、気持ちの良い峠の蕎麦屋で本物の鴨が入った鴨南蛮に出会い、その濃い色の肉の味と噛み応えを知った私には、多くの店の「鴨南蛮そば」という呼び名が許せない。

でも、「たぬきうどん」や「きつねうどん」にタヌキやキツネの肉が入っていないと騒ぎ立てる人はいないのだから、まあ我慢するか。

さて、鴨南蛮の「鴨」のほうの事情はこのようなことだが、「南蛮」とは何だろう。辞書を引くといろいろな意味があって、文明の未発達な南のほう、東南アジア諸国のこと、それらの地域の物産品などを日本に伝えたポルトガル人やスペイン人のこと、そして最後に魚の南蛮漬けなどを作るときに入れるトウガラシやネギのこと。

結局、鴨南蛮そばの「南蛮」はネギのことらしい。鴨肉とネギはよく合うのである。私が横浜駅の地下の蕎麦屋で食べた鴨南蛮のネギはたいへん柔らかく美味しかった。脇役のネギも大切である。

10　シラウオ、シロウオ

シラウオ（白魚）もシロウオ（素魚）も小型の細長い魚で、体は半透明、うろこはほとんどなく、死ぬと白くなる。ほぼ日本全域の海で冬から春に水揚げされる。シラウオは体長九センチほどになり、酢醤油で生食したり、玉子とじ、汁の実、天ぷら、寿司などいろいろな料理に合う。白く、やわらかいことから、細くしなやかで美しい女性の指を「しらうおのような指」という。

一方、シロウオのほうは体長五センチほど、玉子とじ、吸い物などで食べ、博多の踊り食いが有名。シラウオは体の後方に向かって幅広くなるが、シロウオでは後方に向かってほそくなる。この両者は誠によく似ていて紛らわしいが、分類学的には全くの別物で、シラウオはニシン目シラウオ科、シロウオはスズキ目ハゼ科に属する。

ついでに、シラスというのはまた全く別物で、イワシ類の稚魚の総称。これを窯《かま》ゆでにして干したものが「しらす干し」や「たたみいわし」となる。こんな小さな魚を食べるのは日本人だけかもしれない。

11 夕食

一日二食の人もいるが、多くの人は一日三食を摂る。朝食、昼食、夕食である。このうち「夕食」だけが、どうもしっくりこない。

薬局からもらう薬袋にも「一日一回夕食後」などと記してある。夕食は夕方（夕刻）に摂る食事のことになるが、一日最後の食事を夕方に摂る人はほとんどいない。もう少し遅く、夕方を過ぎてあたりが暗くなってからだろう（現在と違い、照明が思うように使えなかった時代には、まだ明るいうちに夕食をとったかもしれない）。時刻で言うなら、季節や地域にもよるが、午後六時半から八時くらいの間だろう。

つまり、夕食は夜に入ってから食べる。それなら、「夜食」といえばいいのだが、これはまた違った意味になってしまう。夜遅くまで仕事をしたりする人たちは、小腹が減って、午後十時から午前一時くらいの間に四食目の軽い食事をすることがあって、これが「夜食」と呼ばれるのである。というわけで、一日の第三食の呼び名は「夕食」でも「夜食」

でも、そぐわない。朝飯、昼飯、晩飯（ばんめし）というしかない。

Ⅲ　本当にあった、ちょっと怖い話

1　一人多い！

それは中学一年の頃だった。ぼくたち虫採り三人なかまは高尾山の近くにある小仏峠へ出かけた。普通の道よりも近道になるので、ちょっと危険だけれど小仏トンネルの中をくぐって行くことにした。トンネルの入り口から入った三人は真っ暗な中、線路の上を走った。壁面にはところどころに退避のための凹みがあるにはあるが、列車が入ってきたら、やはり怖い。必死に走った。

そして、ちょうどトンネルの中ほどまで来た時、だれかが「一人多いぞ！」と叫んだ。みんなギョッとして走っている自分たちの頭数を数えた。頭は四つあった。真っ暗なので、互いの顔はわからない。でも、必死に走っているのは確かに四人なのだ。だれか僕たちの知らない人間が一人加わっているのだ。

みんな「ギャーッ」と絶叫して、かなたに見えるトンネルの出口に向かって殺到した。そして明るい場所へ出ると、ぼくたちは三人だった。

後で聞いた話だが、ずっと前にこのトンネルの中で列車にひかれて死んだ子がいたそうだ。その子が僕らと一緒に遊びたくて出てきたらしい。座敷わらしの一種だろうか。

2　襟裳岬の怪

私が大学に入ったばかりの頃の話。久しぶりに必死に勉強しなくてもよい夏休み。北海道への一人旅を計画した。当てもなく好きな場所を巡り歩くことにした。最初の目的地は襟裳岬《えりも》。列車の中で退屈しのぎにSFマガジン（サイエンスフィクションの専門誌）を読んでいると、全く偶然にも襟裳岬の幽霊の話が出ていた。作家の名前は忘れたが、話の筋は、こうである。

ある小説家が襟裳岬を訪れる。そこで一番古い旅館に入る。玄関には大きな狸の置物と柱時計があり、客室には大きな長火鉢が置いてある。読み物をしていて、ふと眼を上げると、夜中の十二時になるところだった。寝る前に風呂に入ろうと浴室に入り、いい気持ちで湯に浸かっていると、浴室の戸がガラガラと開いて若い美女が入ってきて、「お背中流しましょう」という。きっと宿の娘さんだろうと思い、なんと気の効くことかと喜んで背中を洗ってもらった。

翌朝になって、宿の婆さんにそのことを話すと、「うちには、そんな娘《こ》はおりません」と言う返事。おそらくは、昔、近くの海で大型船が難破し、百体を超す水死体が百人浜に流れ着いたことがあった。そのうちの一人が幽霊となって現れたのだろうと言うことになり、その小説家はぞっと寒気を感じた、という話。

これを読んだ私は面白半分にその宿に泊ってみることにした。街中で、このあたりで一番古い宿はどこかと尋ねると、それはすぐに分かった。玄関には大きな狸の置物があり、部屋には確かに大きな長火鉢がある。泊り客は他に居ないようだ。車中で読みかけた雑誌を読んでいるうちに、柱時計のボーンボーンという十二時を知らせる音がした。

私はすぐに風呂場に入った。そして湯船につかった。二、三分経ったころ、風呂場の戸がガラガラと開く音がした。「うわー、出たあ!」と、私の心臓は止まりそうになった。おそるおそる戸の方を振り向くと、宿の婆さんが顔を出し、「湯加減、いかがですか?」

3　寒いね

私が大学へ勤めていたころの話。寒い朝だった。横浜新道というバス停で降り、横浜国立大学まで細くゆるやかな坂道を歩いて行くと、向こうから一人の老人がトボトボと、右足を引きずりながらやってくる。私とすれ違った時、ニヤッと笑い、ひとこと「寒いね」と言った、見知らぬ人だったが、ヘンな人だと思いつつ、黙っているのもおかしいので、こちらも「寒いね」と一言返した。

それからは毎朝、同じ時刻に同じ場所で、その右足の悪い老人とすれ違った。そして毎回「寒いね」と言葉をかけられた。

その繰り返しが二週間も続いただろうか。ある朝、その老人が姿を見せなかった。いつも老人と出くわす場所には一匹の老猫がいて、こちらを向いて「ニャー」と鳴いた。すれ違いざま、その猫を見ると、右の後ろ足を引きずっていた。

4　森の妖精

これは不思議な話だが、怖い話ではない。

僕が森の中で最初に妖精に出会ったのは、栃木県の奥日光であった。大学院に在学中で、博士論文のための調査に奥日光へやってきた。

調査地は戦場が原を北に抜けて光徳牧場をさらに奥へ入った見事なミズナラの森であった。そこは観光客が歩く道から遠く離れ、人間の出す騒音は全く聞こえない。

シーンと静まり返った森の中では、時たま梢から落ちてくるミスナラのドングリや枯れ枝が厚く堆積した落ち葉の上に落ちて「ポソッ」と音を立てるだけである。じっと動かずに耳を澄ますと、かすかにザワザワという音が聞こえる。これは後で分かったことだが、妖精たちが集まって会合を開いていたのだった。

ふと、目の前の苔むした大木の根際に目をやると、小さな人のようなものが顔を出して、じっとこちらをうかがっている。背丈は四十センチくらい、三角形の頭巾のようなものを被り、大きな目玉を瞬《まばた》きもせずに見開いたまま、こちらを見つめている。大人なのか子供なのか、男か女かもわからない。

僕が足音を忍ばせて近づいていき、妖精との距離が二メートルくらいになったところで、それはふっと消えてしまった。まだ見つめ合うだけで、会話はしたことがないのが残念だ。どんな言葉が通じるのだろうか。

その後も、奥日光の森では三回くらい妖精と出会った。日光ばかりでなく、福島県の会津の山奥、青森県の白神山地などでも出会った。そのほとんどが関東よりも北に位置する原生林またはそれに近い落葉広葉樹林であって、ブナやミズナラの森が好きらしい。スギやヒノキの人工林などには絶対に住んでいない。

北海道には、フキの葉の下に住むコロポックルがいるし、ハワイには悪戯好きのメネフネという小人妖精がいて、おそらく僕の知っている妖精もその系統のものであろうと思う。

ある人は、僕のことを頭がおかしいのではないかといい、ある人は自分も見たいから、妖精の居住地に連れて行って見せてくれという。しかし、僕の妖精は連れがいるときには出てきてくれない。

Ⅳ　気になる日本語

言葉は「生き物」だから、年がたち時代が変われば、その意味や用法も変わってくるもので、それにいちいち目くじら立てるのは可笑しいといわれる。「貴様」だって、昔は男性に敬意を表した呼称であったのが、今は同等か目下の男または親しい友人を呼ぶ言葉、ときには喧嘩相手をののしるときにも使われたりする。「女中」も昔は女性に敬意を払って呼ぶときに使われたが、今では他人の家に住み込んで家事を手伝う「お手伝いさん」のことになっている。

そんなことは重々承知のうえで、それぞれの言葉の本来の意味、正しい使い方を尊重したいという気持ちが、どうしても沸き起こってくる。特に、不特定多数の人たちが聞いたり見たりするテレビ、ラジオ、街中での標語やアナウンスなどに明らかな間違いやおかしな点を見出すと、我慢ができなくなる。

とは言っても、私は一介の生物学者であり、言語学者でもなんでもない。しかし、言葉に関する興味と関心は、人一倍強いつもりである。生物の採集も楽しいが、街中で変な日本語を見つけて採集するのも楽しい。

私が二〇一六年六月に私家版で刊行した随想集『一度でいいから、やってみて!』の中には、「気になる日本語」という章を設け、一〇の言葉について私なりの見解を述べた。本書ではそれらを採録し、さらに日本語として「ちょっと気になる言葉」を新たに五十二選んで俎上に載せた。それぞれの言葉について述べた文章は退屈なものにならないよう、できる限りエッセイ的な要素も加えてある。言葉の配列は五十音順にしたが、それはもう一度読みたいと思われた時の検索の便利さを考えたからである。

本書を読んでくださった方々が、「そうだったのか」「困ったものだ」「うん、そうだ、そうだ」など、さまざまな反応を示してくだされば嬉しいし、ただ笑って読み飛ばしてくださるだけでもいい。

1　青信号

私の横に、男の子二人とそのお父さんが信号待ちをしていた。信号が変わると「ほら、信号が青になった。さあ、わたるよ」と歩き出した。すると小学生の子が「ねえ、信号は緑なのに、どうして青なの？」と訊いている。お父さんは困ってしまって、「さあ、どうしてだろうねえ」と逃げ口上。

私たちは赤信号は「止まれ」、青信号は「進め」と覚えている。しかし、青信号をよくよく観察してみると、どうも「青色」には見えない。どちらかというと、いや、どうしても「緑色」に見える。現代人の私たちの色の分類からすれば、青信号の色は、「晴れた空、よく澄んだ空の色」と辞書に書いてある青色ではない。子供に「緑色なのに、なんで青信号というの？」と訊かれたら、親や学校の先生は何と答えるのだろうか。交通規則を教える立場からすれば、これは放置しておけない重大問題である。

しかし、大人たちからすれば、昔は緑のことを青と呼んでいたことを知っている。青葉、青菜、青田、青虫、青リンゴ、青森、

青島、筆者の名前の青木も、これらの「青」はみんな今でいう「緑」のことである。はじめて信号機ができたころは、緑色の信号は青信号でよかったのだろう。しかし、緑という色が青とは別の色と普通に認識されている現代、やはり青と緑は区別して表現しなければならない。

さあ、困ったことになった。ちなみに、英語で青信号は blue light ではなく green light である。

2　赤トンボ

昆虫図鑑を開いて「アカトンボ」を索引で当たってみても、出てこない。日本にはアカトンボというトンボはいないのだろうか。いや、いるんです。ただ、アカトンボという種はいないんです。日本にはナツアカネ、アキアカネ、ショウジョウトンボなど胴体が赤いトンボが何種類かいて、それらをまとめて「赤トンボ」と総称しているのである。「夕焼け小焼けの、アカトンボ……」と歌われた赤トンボ、夕日に照らされて、さぞ美しい赤色に見えたことだろう。分類上の種としては何トンボなのかなどと詮索するのはやめよう。情緒が薄らいでしまう。「名の知れぬ赤いトンボ」でいいのである。

しかし、知っておいたほうがよいのは、生物の名前には種名と類名（総称）があるということ。種名はある特定の「種」を指し、和名と学名がつけられているが、類名はいくつか複数の種を含んでおり、分類上は属や科にあたることが多い。

たとえば、鳥で言えば、キジ、オシドリ、フクロウは種名であるが、カラス、ウ、ツル、ワシという種はなく、類名である。昆虫で言えば、カブトムシ、ミンミンゼミ、スズメバチ、イエバエは種名であるが、クワガタムシ、ゴキブリ、コオロギ、カミキリムシという種はなく、類名である。魚でいうなら、サケ、サンマ、アユは種名だが、トビウオ、タイ、ハタは類名（総称）なのである。

3 いただいて！

敬語の中で一番よく間違われる表現は「いただく」である。

奥様達が数人、どこかのお宅へ集まってお茶の時間になる。テーブルの上にお菓子が出される。その家の奥さんがみんなに向かって「どうぞ、いただいて！」とお菓子をすすめる。この「いただく」は上品な奥様言葉で「丁寧語」だと思われているらしいが、れっきとした「謙譲語」である。つまり、お菓子を出したほうの人が偉い人で、それをいただくほうの人は下位の人ということになってしまう。

言いかえれば、この「いただいて！」は、「皆のもの、私が出したお菓子をありがたく頂戴しなさい」と上から目線で言っていることになる。来客に対して、何と失礼な言い草だろうか。正しくは「どうぞ、召し上あがって！」である。

4　一個年上

若い人は「彼のほうが一個年上よ」などというが、なんだかおかしい。私なりの勝手な定義によれば、一個、二個……と数えられるものは「実際に目に見えて、手で持てて、細長くないもの」となる。たとえば、トマト一個、卵一個などというが、大根や鉛筆は一本、二本であり、一個、二個とはいわない。当然のこととして、「年齢」は目に見えないし、手に持つことはできないので、一個ではなく一歳である。そもそも、物の数え方がこんなにたくさんある国は日本だけであろう。日本語を学ぶ外国人泣かせである。

魚は一匹、一尾、タコは一匹なのにイカは一杯、タヌキは一匹なのにウサギは一羽、本は一冊、椅子は一脚、靴は一足、洋服は一着、箸は一膳、箪笥は人竿、羊羹も一竿、山は一座、神様は一柱。まだまだきりがない。これらの単位を正しく使うのは大変だ。そこで、面倒くさくなったのか、なんでもかんでも一個、二個と数えるようになったのだろう。

もし、そういう理由ならば、一つ、二つと数えればよい。この数え方ならば、何に使ってもおかしくない。「一つ年上、台風が二つ、考え方が三つ」と、手に持てないものにも使える。しかし、どうもそうでもないらしい。数え方を知っていながら、わざとふざけた感じで、おどけた風に、仲間を意識しながら「一個年上」なんて言っているのかもしれない。

5　うまい

テレビでビールのコマーシャルを見ていたら、ビールを飲み終わった女性が「ああ、うまい！」と言った。かつては（今でも？）飲み物や食べ物を「うまい」というのは男言葉であって、女は使わなかったと思う。女性なら「美味しい」というのが普通だろう。多分、男性並みに女性もビールを飲むようになったので、女性にも男性のように豪快に「うまい！」と言わせて宣伝したかったのだろう。

今、姿も見せず、声も聞かせずに、喋った言葉だけを文字にして見せたら、それが男の言葉か女の言葉か判定できないことも多いだろう。ことほど左様に、現代は男女の言葉遣いの差がなくなってきている。それは双方が歩み寄った結果ではなく、女性が男言葉を使うようになったからである。それは男女同権、女性の社会進出と時を同じくして現れた現象であろう。結構なことではある。

第一、男女で言葉遣いが大きく違う国はほとんどないかもしれない。かつての日本は、その点で珍しい国だったのだ。したがって、以前は日本語を学ぼうとする外国人にとって、男女差のある言葉はたいへん覚えにくかっただろうと想像するが、今ではかなり楽になったと思う。

ほとんどの女性は、お化粧や服装によって女らしさを表現している。男女同権を主張する女性政治家ですら、目の覚めるような美しい色彩のスーツを着ている。しかし、ほとんどの女性が言葉遣いによる女らしさを捨ててしまったのは、どういうわけだろうか。

最近読んだ筒井康隆著「ヨッパ谷への降下」という不思議な本の中の「箪笥《たんす》」という短編小説の中に出てくる毬子《まり》さんという美人が知り合いの男性の部屋に置いてある箪笥をほめるところを引用しよう。「まあ、素晴らしい箪笥じゃありませんこと。ロココ様式。そうですわ。わたくし学校で教わりましてよ」（添え点筆者）。私は、この「語尾」にしびれてしまう。女性の「……ですの」という「の」にも弱い。古いのかなあ。

（『随想集』より）

6　エレベーターの開閉ボタン

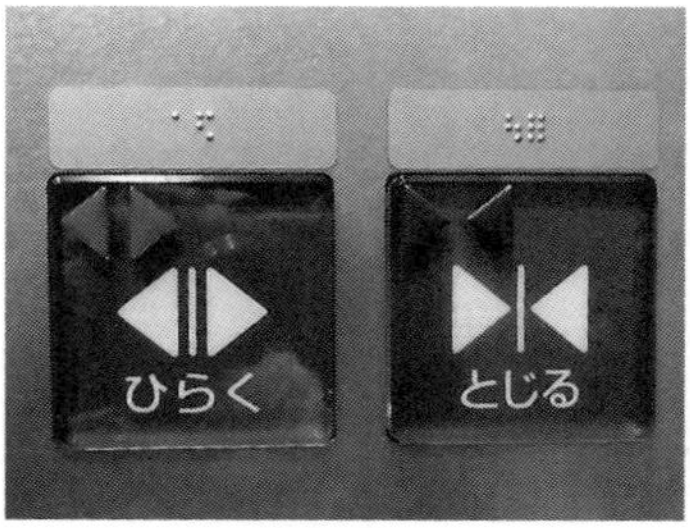

エレベーターには必要に応じて手動でドアを開け閉めできるボタンがついている。しかし、その表示に問題がある。以前は「開」「閉」と記してあったが、この二つの漢字は一見似ていて、咄嗟の場合区別がつきにくいので、最近は図の表示が取り入れられた。ドアの動く方向を矢印のような三角形で示したものだが、これがどうもいけない。しまりかけたドアを開けようとした時、慌てて押してしまうのは蝶が羽を広げたような「閉じる」ボタンのほうだ。逆に、しめようとする場合には二つの三角形がピシャリと合わさっていかにも閉じた形を思わせる「開く」ボタンのほうを押してしまう。そこで、間違いを防ぐために図形の下に「ひらく」「とじる」という語が併記されるようになった。

ところが、ここで問題なのは、「とじる」という言葉である。例えば、お母さんが子供に向かって、「部屋に入ったらドアをしめなさい」「ドアがしまるから早く乗りなさい」のように「しめなさい」「しまるから」とはいうが、ドアを「とじなさい」「とじるから」とはいわない。ふつう子供の頭では「とじる」は「綴じる」であって、ホチキスで何枚かの紙を綴じるときに使う。「とじる」は「しまる」か「しめる」に替えたほうがよい。

エレベーターのように、操作を誤ると危険があるようなところでは、大人にも子供にもわかりやすい表示が使われなければならないと思う。しかし、エレベーターの開閉ボタンについては、これぞというものがない。もしかしたら、「しまる」ほうのボタンは不要かもしれない。でも、せっかちな日本人には、必要なのかなあ。

7　鸚鵡返し

「言葉遣いにうるさくなったのは年寄りになった証拠だ」といわれるので、ちょっと気が引けるのだが、最近のテレビ・ラジオの対談番組での鸚鵡（おうむ）返しのあいさつが気になって仕方ない。

例えば、その道の専門家のA先生が登場する。これから解説をお願いするので、アナウンサーが「よろしく、お願いします」というと、A先生も「よろしく、お願いします」と同じことを言う。アナウンサーは自分も含めて、聴視者を代表してお願いしているのだからいいが、A先生の言う「よろしく、お願いします」は何なのだろう?

自分はテレビに出るのは初めてでドキドキしてあがっているので、アナウンサーに上手にリードしてくださいということなのか。たとえそうだとしても、聴視者から見ると誠に不自然な挨拶である。解説者はへりくだったりせずに、もっと堂々としていてほしい。対談が終わり、アナウンサーが「ありがとうございました」というと、A先生も「ありがとうございました」とくる。

何に対してお礼を言っているのか、さっぱりわからない。出演料をもらったお礼ならば、後で言えばいい。私なら、最初は「はい、承知しました」というし、最後は、「どういたしまして」というのになあ、と思ってしまう。

(『随想集』より)

[追記] 最近の若い社員は、朝出勤してきて誰かにあうと「お疲れさま」と言い、相手も「お疲れさま」と返すらしい。仕事が終わって帰るときは「お疲れさまでした」で、相手も同じことを言う。私が聞いていると、帰りがけの「お疲れさまでした」は相手をねぎらう意味も込め

られていて、あいさつとしてもいいと思うが、朝の「お疲れさま」はいただけない。朝から疲れていて、どうするんだといいたくなる。

いつだったか忘れたが、女子の水泳選手権大会があって、最も期待された選手が惜しくも4位になってメダルを逸した。疲れ切ってプールから上がってきた選手のところへアナウンサーが駆け寄ってきて「お疲れさまでした」とねぎらいの言葉をかけると。驚いたことに、その選手も「お疲れさまでした」と言うではないか。

ただ「疲れました」と言うならともかく、自分のほうに「お」と「さま」をつけて「お疲れさま」とは何事か。選手のほうは、ただ鸚鵡返しにあいさつのように言葉を発したのかもしれないが、聞いているほうがびっくりしてしまった。

8 御頭つき

神事や祝い事の席では、よく「おかしらつき」の魚が出てくる。旧仮名遣いで書けば「をかしらつき」(尾頭つき)で、尻尾も頭も付いたまま煮たり焼いたりした魚のことである。ところが、この「おかしら」を「御頭」だと思っている人が案外と多いのに驚く。頭のついた魚を丁寧に呼んでいると思っているらしい。東京の渋谷に美味しい魚料理を出す店があって、その前を通ったら「御頭つきの鯛塩焼きあります」と書いてあった。魚料理の専門店で、これでは困る。「御頭」といえば、ふつうは職人の親分などを指す言葉として用いられるんではないか。

しかし、ちょっと納得いかないのは、頭も尻尾も付いた魚なら、なぜ「頭尾つき（かしらおつき）」といわないのだろうか。頭と尻尾なら、

頭を先に言うのが普通の順序だろうに。

順序を逆にして「おかしらつき」なんていうから、「御頭つき」と思ってしまう人が出てくるのだ。御頭が子分の職人をぞろりと引き連れてお店に来ることもあるだろうが。

9　お知らせ

テレビの番組の間に「お知らせ」というのが出てくる。我々が普通想定する「お知らせ」は、県、都、市、町などの公的機関から出される住民が必要な情報や通知のことで、それに対して住民が注意したり準備したりするためのものだと思ってしまう。あるいは「この道路は○月○日から工事のため通行できなくなります」などのことを看板に書いたりするのもお知らせである。

ところが、テレビの「お知らせ」(チャンネル⑨)は、何のことはない広告放送、コマーシャルなのだ。クイズ番組の途中で、「正解はお知らせのあとで」などのテロップがでて、視聴者はいくつも次から次と出てくるコマーシャルをじっと我慢して見ていなければならない。広告とかコマーシャルと言わないで、なぜ「お知らせ」などというのだろうか。不思議で仕方ない。

10 おビール

わたしはビール党である。特に、こってりと濃厚な味わいのビールが好きだ。ところで、ビールにはときどき「お」がついて「おビール」となる。はて、この「お」は何だろう。お焼酎、おウイスキーなんていうのは聞いたことがない。しばらく考えていたら、はたと気が付いた。「お酌」をしてくれるのが「おビール」なのだ。

みんなでワイワイガヤガヤとジョッキで飲むのはただのビール、一人寂しく自分で注いで飲むのもただのビール。ちょっと高級な料亭などで、女将や美人が微笑みながら、ちょっと首をかしげてお酌をしてくれるのが「おビール」なのだ。酒（日本酒）はほとんどいつも「お酒」と「お」がついているが、日本酒は原則お酌だからなのだろう。

ただ、ビールに限って言えば、「おビール」よりは「ビール」のほうが、うまい。まだそれほど減っていないグラスにそっと継ぎ足されるビールはご免こうむりたい。

11　お求めやすいお値段

デパートの中でよく聞くアナウンスに「お求めやすいお値段で提供しております」というのがある。友人たちに「この日本語、変だね」というと、だれもが「どうして？」と言い返すが、わたしにはどうしても違和感がある。

では「書きやすい」「飲みやすい」の敬語は何というか？「お書きやすい」「お飲みやすい」とは言わないだろう。「お書きになりやすい」「お飲みになりやすい」が正しい。

したがって、「求め安い値段」の敬語は「お求めやすいお値段」ではなく、「お求めになりやすいお値段」でなければならない。東京都内のデパートやスーパーで注意して聞いていたところ、正しい言葉遣いをしていたのは十店中ただ一店だけだった。

（『随想集』より）

［追記］　この文章を書いた「随想集」を出してから八か月後の平成二十九年二月、フジテレビのクイズ番組で正しくない日本語を選ぶ場面があり、その例として、この「お求めやすいお値段」が出ていて、言語学者の金田一秀穂先生が解説しておられた。私が言ったことが正しかったのが立証されて、嬉しかった。

12　降りる方が済んでから

ここで言いたいのは言葉の間違いではなく、鉄道の駅や車内でのアナウンスの多さについてである。

列車がプラットホームに入ってくる。「危ないですから、白線の内側までお下がりください」ドアが開く。「降りる方が済んでから、順序よくご乗車ください」「ドアがしまっております。ご無理をせずに次の電車をご利用ください」車内に入る「入口付近は込み合いますから、中の方へお進みください」「一人でも多くの方が座れるよう、座席に荷物を置かないでください」「優先席付近では携帯電話の電源をお切りください（切る人は一人もいない）」なんとまあ、次から次へとご注意いただくのだろうか。

もし、駅員や車掌が全く注意しなかったら、日本の鉄道の駅や車内では、乗客が傍若無人なふるまいをして、大混乱になるのであろうか。もし、そうだとしたら、こんな恥ずかしいことはない。もし、そうでないとしたら、こんなアナウンスは要らない。日本の乗客はそんなに無教養で、乱暴で、マナーが悪いのだろうか。日本以外の国の駅や車内ではこんなにうるさいアナウンスはなく、誠に静かである。

必要なのは、次の停車駅名とどちら側のドアがひらくのかというアナウンスだけであろう。

13 おわれてみたのはいつの日か

童謡「赤とんぼ」の出だしのすぐ後に出てくる「おわれてみたのは　いつの日か」の

「おわれて」を私は幼いころから大学生になるまで、ずーっと「追われて」だと思い、トンボが追いかけられて逃げていく様を思い浮かべていた。ああ、恥ずかしい。

正しい解釈は「負われて」であり、姐や（ねえや）に背負われて（おんぶされて）赤トンボの群れを見た日のことを言っているのだ。私と同じように思い込んでいた読者が何人もおられて一緒に恥をかいて下さることに期待している。

14 各位殿

いつだったか、いつものバス停へいくと、立札が立っていて、「ご乗客各位様　ただいま道路工事中のため、停留所は十メートル先に移動しました」とあった。「各位」とは、複数の相手に対して地位などには無関係に敬意をこめて呼びかける言葉であるから、後に「様」や「殿」などをつける必要は全くなく、各位だけで十分な敬語である。この場合は「ご」も不要で、「乗客各位」で十分なのである。各位が堅苦しいと思うのなら、「乗客の皆様へ」でいいのではなかろうか。

15 カモシカのような脚

ファッションモデルのような、スラリと長い美しい脚をたたえるのに、「カモシカのような細い脚」という。しかし、哺乳類の図鑑を開いてみても、動物園へ行って見ても、カモシカという動物は全体にずんぐりとして、脚は決して長くなく、格好良くもない。ただのシカのほうがよほどスラリとした脚を持っている。

どうしてこのような勘違いが生じたのか、原因は不明であるが、どうやらアフリカに生息するアンテロープのなかまをカモシカと思いこんだらしい。このなかまにはオリックス、インパラ、スプリングボックなどがあり、実にスラリとした長脚をもち、ライオンやヒョウに追いかけられると、その長い脚を使って素晴らしい速度で逃げる様子をテレビでご覧になったことであろう。

分類学的には、シカはシカ科に、カモシカやアフリカのアンテロープ類はウシ科に属する。カモシカがシカの仲間ではない証拠にシカでは雄にしか生えない角がカモシカでは雌雄ともに生える。また、カモシカの得意技は、速く走ることではなく、ひづめの先を開いて岩場の急斜面に立つことができる点である。

16　川崎病

川崎病という病名を初めて聞いた人は、この病気は神奈川県の川崎市で流行している病気で、川崎市内に住むのは危ないなあ、と思ったりしてしまう。実際、私の周囲の友人たちの中にも、そのように信じ込んでいる人が何人かいた。その点では、川崎市や川崎市民は「いい迷惑」なのである。

川崎病は主として四歳以下の赤ん坊がかかる原因不明の病気で、日本全国にある。正式には「皮膚粘膜リンパ節症候群」といい、一九六七年に日赤中央病院（当時）の川崎富作博士によって報告されたものである。つまり、「川崎」は地名ではなく人名だったのである。

しかし、ことは簡単ではない。一九五〇年ごろからの工業の発展に伴い、川崎市の海寄りの地域でひどい大気汚染が発生し、そのために起きた気管支炎や喘息が公害病に認定されたのである。確かに、川崎病の川崎が病気の発見者であることを知らずに、川崎市の病だとおもったのは勘違いであったが、実際には川崎市に大気汚染による公害病が存在していたのである。尚、現在では川崎市の空気はきれいになっていることを付記しておこう。

ついでに言うと、人名が付いた病気の名前はたくさんある。最も有名なのは、認知症の中の多くを占めるアルツハイマー病はドイツの精神科医アロイジウス・アロイス・アルツハイマー博士によって発見されたのである。アルツハイマーという名の人はほかにもかなりいるはずであり、その人たちはこの病気の名前によって、ずいぶん悪い印象を持たれて迷惑していることだろう。

その他、ベーチェット病、原田病、橋本病などがあるが、原田さんや橋本さんは迷惑をこうむっていなさそうである。なぜなら、これらの病気はそんなに有名でないからである。

17　逆手（ぎゃくて、さかて）に取る

あなたは「逆手」を「ぎゃくて」と読みますか、それとも「さかて」と読みますか？

その答えは、時と場合による。逆手（ぎゃくて）は柔道の技のひとつで、相手の手首をつかんで内側から外側にひねって技をかける場合である。

一方、逆手（さかて）は短刀やナイフを親指が柄の端に、小指が刃先のほうに来るように握る場合で、その形はカマキリが鎌を振り上げたようになる。また、器械体操で掌が手前に向くように鉄棒を握る場合にも「さかて」と言う。さらに、比ゆ的に用いることもある。例えば、「非難されたのを逆手にとって、相手をやりこめた」などの場合には、「ぎゃくてに」というらしいが、「さかてに」ということも多いような気がする。

18　ギヤをあげる

テニスのプレーヤーや野球の投手などが、この時とばかりに一段と力を込めて戦いの態勢に入った時、「あ、○○選手は、いまギヤをあげましたね」などと放送する。しかし、この表現は、私を含め車を運転する人たちから見ると、どうも奇異に感ずる。

車が慣性に従って安定走行に入っている時、さらにスピードを上げようと思ったら、普通ギヤはトップギヤに入っているのでそれ以上ギヤを上げようがなく、アクセルをさらに踏み込むしかない。

車でも追越時など特に力を出す必要があるときには、「ギヤを上げる」のではなく、「ギヤを下げる」（シフトダウンする）ことによって馬力を上げて急加速するのではあるまいか。

19　行司の軍配は……

大相撲で二人の力士がもつれたように倒れる。行司の軍配はさっと稀勢の里のほうに上がる。しかし、ここで「物言い」。黒羽織の五人の審判がぞろぞろと土俵上に上がってくる。一瞬、緊張した異様な雰囲気が走る。輪になって協議していた審判たちが席に戻る。そこで審判部長の説明。「ただ今の勝負の結果についてご説明申し上げます。行司の軍配は稀勢の里のほうに上がりましたが、嘉風《よし》の肘が先に土俵についており、行司の軍配通り稀勢の里の勝ちといたします」ここで、聞いているほうは「あれっ？」と思う。なぜって、「行司の軍配は稀勢の里のほうにあがりましたが」といった時点で「ああ、行司の判定と違って稀勢の里のほうが負けたんだな、つまり「行司の差し違い」と誰しもが受けとって溜息をついてしまう。すると、そのあとに続いて稀勢の里が勝ったという。この説明は文法的にも、脈絡からしても完全に間違っている。「……が、」と言ったら、そのあとには結果をひっくり返す言葉が来なくてはならない。

もし「行司の軍配は稀勢の里のほうに上がりましたが、稀勢の里の足が先に土俵を割っており、嘉風の勝ちといたします」というのならわかるし、実際にそう説明されることも多い。しかし、どっちの場合にしろ、必ず冒頭に「軍配は……のほうに上がりましたが」と判を押したように言ってしまうから困るのである。それを聞いていたテレビの解説役のアナウンサーが「大変わかりやすい説明でした」などとほめるものだから、なおさら困るのである（ここに取り上げた取り組みは仮想のもの）。

20　グリーン車

ＪＲの車両には普通車のほかに特別料金を必要とするグリーン車というのがある。高級な車両だけあって、座席の幅は広いし、音も静かで快適である。昔は一等車、二等車、三

等車の三種類があったが、やがて一等車と二等車だけになり、さらに（一九六九年以降）にグリーン車と普通車に名称が変わったということである。

では、どうしてグリーン車というのだろうか。その理由として、一等車の車体に淡緑色の帯が塗られていたということ、一等車の切符の地色が緑色だったということに起因するという。では、なぜ緑色なのかとなると、よくわからない。緑という色が、なんとなく「安全、快適」をイメージするのかもしれない。

今のグリーン車の車体には緑色のラインはなく、その代わりドアの横に緑色の四葉のクローバーのマークが描かれ、その下に外国人向けにGreen Car の文字がある。しかし、外国人にはGreen Car の意味はさっぱり分からないだろう。

ついでにいうと、「みどりの窓口」も、なぜ緑なのか、よくわからない。緑黄色野菜を売っている窓口でもないし、グリーン車の切符を売っているところでもない。ＪＲグループの各社が営業している乗車券や特急券の発売所のことらしいが、なぜ「みどり」なのか、よくわからない。

更についでに言うと、「緑のおばさん」も、なぜ緑なのか、わからない。小学生が交通事故にあわないように、登校時・下校時に交差点に旗をもって現れる中年女性で、緑色の服装をしている。やはり緑という色は安全カラーなのか。正式には、学童擁護《ようご》員というらしい。老人男性もよく見かけるが「緑のおじさん」というのは聞いたことがない。東京都が最初に緑のおばさんを作ったらしい。

多くの人がボランテイアだと思っているが、実は東京都の職員で、ちゃんと給料をもらっているのだと聞いて、びっくりした（一部にはボランテイアもいるらしい）。

21 化粧室

大小の用を足すところを何というだろうか。現在の私たちの会話の中では、「トイレ」という表現が圧倒的に多いように思いう。「お便所」「お手洗い」はあまり使われなくなり、「ご不浄」などはもう死語にちかい。しかし、駅、ホテル、デパートなどの中では「トイレ」というカタカナ書きはそぐわない。かといって「便所」というのは汚い、臭いイメージで、折角きれいに設計された建物の雰囲気をぶち壊しにしてしまう。そこで「化粧室」

という言葉が登場したのだ。

これなら確かにきれいな言葉でよいのだが、化粧をしない男性にしてみれば、どうしても違和感が伴う。「洗面所」と書いてあるところもあるが、そこで顔など洗ったりしない。では、どうしたらよいか。いくら考えても適切な言葉が見当たらない。言葉で表現するのはあきらめて、この頃ふつうに見られるようになった人形（ひとがた）、つまりスカートをはいた赤い女性、ズボンをはいた青い男性の組み合わせシンボルマークで表すしかないだろう。

［追記］ある女性にこのことを言ったら、「あら、このごろは男性もお化粧するんですよ」だって。ああ、驚いた。

22　結果を出す、評価する

仕事においても、スポーツにおいても、「結果を出さないと、やめさせられる」、「来年は結果を出すよう、努力します」というような言い方をよく耳にする。これらの例では、「結果」はもっぱら「良い結果」として使われている。しかし、努力しようが、しまいが、いやでも「結果」は出てしまうものである。そもそも、結果には良い結果も悪い結果もあって、それをはっきりさせなくては、成功したのか失敗したのか区別できないはずである。でも、「結果」の本来の意味は、植物が実（果実）を結ぶことなのだから、良いほうだけに受け取っても、まあいいか。

同様に、「評価する」についても同じことがいえる。「私はそのことを評価したい」、「評価すべき点は何もない」などという。

そもそも、評価には高く評価するか、低く評価するかが問題なのであって、ただ「評価する」といえば、点数をつける作業そのものだけを指すことになってしまう。

アンケートに答える場合にも、「大いに評価する、どちらかといえば評価する、どちらかといえば評価しない、まったく評価しない」などの段階を設けて選択回答させているが、こんなやり方は「評価しない」。

23 原生林

今から三十二年前の真夏、日航ジャンボ機が群馬県と長野県の県境に近い御巣鷹山の山腹に激突し、乗員乗客五二〇名が命を絶った。人気歌手の坂本九さんも犠牲者の一人だった。昭和六十年八月十三日の毎日新聞の夕刊には日航機が「原生林」の中に墜落したと報じていた。しかし、その凄惨《せいさん》な現場の写真を見ると、航空機によってなぎ倒された森の木々は、細く直立して密生している。植物が専門ではない私が見ても、すぐにそれはカラマツの人工林だとわかった。「原生林」など、とんでもない。

まっすぐで柔らかいカラマツの細い木が密生した林は、航空機が墜落した時にかなりクッションの役目をはたして衝撃を和らげ、それがゆえに四人もの生存者があったのだと私は思う。もし、これが本当の原生林だったら、標高からしてブナの大径木がかなりまばらに生えており、墜落機の衝撃を吸収できず、生存者は一人もいなかったかもしれない。

一般には、人里から遠く離れ、人家もなく、ほとんど利用されていない森林をすべて「原生林」と呼ぶことが多いが、そもそも「原生林」（原始林、処女林とほぼ同じ）とは今までに一度も伐採や山火事の影響を受けていない森林のことで、そんな森林は日本列島の中では極めて珍しい。亜高山帯の森林は別として、それより低い標高の地域では、ほとんどの場合一度は斧（今ではチェーンソウか）が入っているものだ。

それにしても、原生林と人間が植林した造林地の区別もつかないのは情けない。日本の新聞記者は、ほとんどが文科系の学部出身者なので、あきらめるしかないだろう。

24　こうしたなか……

テレビのニュースを聞いていると、「こうしたなか……」とか「そうしたなか……」という表現が極めて多く出てくる。たとえば、「いま、インフルエンザが全国的に流行しています。こうしたなか、学校では児童たちにマスクをつけるよう指導しています」などである。

平気で聞き流している方々も多いとは思うが、私にはどうしても気持ち悪い。なぜかといと、「こうした」と「なか」の間に何か語が抜けているからである。これは「こうした状況のなかで」という意味なのだろうが、「状況」という語を省略してはおかしい。

25 甲板（こうはん、かんぱん）

船室にこもっていた観光客が「波が治まったから甲板（かんぱん）に出てみようよ」という。船長が「甲板（こうはん）に誰かいないか」と叫ぶ。このように、同じ意味の言葉を客は「かんぱん」といい、船員は「こうはん」という。

礼拝堂はキリスト教会では「れいはいどう」、お寺では「らいはいどう」と呼ぶことが多いらしい。手投弾は一般には「てなげだん」と呼ばれるが、軍隊用語では「しゅりゅうだん」という。奥義は「おくぎ」でよいが、漢語的には「おうぎ」と読む。

同じ言葉が場所、職業などによって違う呼び方になることに注意したい。

26 ここでは右側通行

あちこちの駅の構内で、「ここでは右側通行」という看板を見る。というからには、他所では左側通行か、またはどちらでもいいのかなと思う。しかし、「車は左、人は右」といわれ、そもそも人は右側を通ることになっていたのではなかろうか。

また、別の駅では、「ここでは左側通行」という看板もある。車は左側通行と決まっているのに、人は場所によって右側を歩け、左側を歩けと、指示される。こんなばかなことが、あろうか。いちいち看板の表示を見て、右に寄ったり、左に寄ったりして歩いていたら、くたくたに疲れてしまう。

理想的には、車も人も左側（日本では）を通行すべきである。対面交通のほうが事故が起きにくいという考えから、「車は左、人は右」などという愚かなことを言い出したのはいったい誰だろうか。車を運転して左側を通行していた人も、車を降りれば歩行者となって右側を歩け、歩行者として右側を歩いていた人も、車

の運転をすれば左側を走れというのは土台無理な話なのである。人間の生理生態からしても習慣からしても、そのような「切り替え」はとても困難なはずである。

ましてや、場所によって右側か、左側かを指示されたのでは、たまったものではない。人間の習性を全く無視した「お願い」である。車を運転しようが、歩こうが、同じ側を通行するようにしなければ、神経を使って疲れ果ててしまう。歩行者がどちら側を歩いたらよいかが徹底していな現状では、向こうからやってきた人とぶつからないように、大変気を遣う。両方が同じ方向に除《よ》ければ、ぶつかってしまう。車同士がぶつかれば大変だが、人間同士なら、まず死ぬことはないから構わないとでも言うのだろうか。

27 サンド

乗車すると間もなく昼時になるので、新幹線のホームの売店で弁当を買おうと思った。ふと売店の上に掲げられた看板を見ると、「お弁当　サンド　お飲物」とある。最初、「サンド」というのがちょっとわからなかったが、ああ、サンドイッチのことなのだと理解した。

外来語を縮めてつかうのが得意な日本人だが、この「サンド」はちょっといただけない。サンドバッグ、サンドペーパーなどの「砂」を思いおこす。弁当と一緒に砂を売っているわけはない。意味が通じればいいのだろうが、あまり美味しそうではない。砂を噛むような味がしそうである。

ある時、東京駅のデパートに一階に長い長い行列ができていた。皆さん何を買おうとして並んでいるのか、行列の先頭に行って見ると、New York City Sandという名のお菓子を売っているのであった。驚いたことに、最後のsandはまさに砂である。英語の辞書をいくら引いてみても砂であって、食べられるsandは出てこない。

そのほか、アパート（apartment house）、デパート（department store）、スーパー（supermarket）、テレビ（television）、パソコン（personal computer）、ミシン（sewing machine）、ホーム（platform）、カツ（cutlet）、アイス（ice-cream）など、あげたらきりがない。口癖になっている和製短縮英語が英会話の際、時に出てしまうと、全く話が通じなくなってしまう。ところで、聞いていてあまり感じよくないのは、ミスターとジュニアさんである。

28　事件に巻き込まれた

「昨日の午後八時ごろ、神奈川県厚木市の住宅で独り暮らしの老人が首を刃物で刺されて死亡しているのが発見されました。現場の状況から、その老人は何らかの事件に巻き込まれたものと思われます」というような報道をよく聞く。この語りの中で私がどうしても違和感を覚えるのは「巻きこまれた」という表現である。

この場合、老人を殺害した犯人は、はじめから老人を殺すつもりで刃物を持って押し入って実行したことはほぼ確実であり、たまたま殺人現場にいた老人が、「巻き込まれて（巻き添えを食って）」殺されてしまったのではない。犯人がその老人を殺すというはっきりした目的をもって実行したのなら、「なんらかの事件に巻き込まれた」とは言わない。

別の事件で、「その子供は夕方五時に家を出たまま、翌朝になっても戻らず、何らかの事件に巻き込まれたようです」というのもあった。この場合考えられるのは、道に迷ったか、何者かに誘拐されたかということであって、「事件に巻き込まれた」という表現はそぐわない。なぜなら、犯人ははっきりとした誘拐目的でその子を連れ去ったのだから。

「巻きこまれた」とは、本来被害者になるはずでなかった人が、偶然に被害をこうむってしまった場合に使うのだと思う。

29　准教授と助教

大学に勤務している先生からもらった名刺を見て、「あれ？」と思った人は多いだろう。肩書に「准教授」だとか「助教」だとか、今まで聞いたことのない職名が書いてある。いっぽう、なじみのある「助教授」や「助手」は全く消えてしまった。二〇〇七年四月一日から「学校教育法の一部改正」によって、助教授は准教授に、助手は助教になったのである。

これは呼び名の変更だけでなく、その職務にも変更をきたしている。以前は、助教授というものはあくまで教授の職務を助け、補佐するのが本務であり、助手も教授・助教授の仕事を助け、実験の準備や部屋の雑用などに追われていた。つまり、研究室内では教授の専門分野の教育・研究が一本化していた。

しかし、近年は准教授も助教も学生に講義をし、学生を指導し、自分独自の研究を行うことができるようになった。一言でいえば、助教授は准教授に、助手は助教になって、呼称が偉そうに変わっただけでなく、実際に中身も偉くなってしまったのである。

一斉格上げである（ただし、給料はそのまま）。例外的には、一部の私立大学では「助手」という職が残されているが、講義はできない。また、医学系の私立大学では、准教授と助教の間に「講師」を置いているところも多い。

30 承知してございます

政治家や役人の答弁を聞いていると、普段は一般人が使わない言葉の表現がよく出てくる。そのなかで最もよく耳にするのが「ございます」である。「その点につきましては十分に承知してございます」「次のように聞いてございます」といった調子である。

普通の言い方をするならば、「承知しております」「聞いております」というところである。どうも、「おります」よりは「ございます」のほうが一層丁寧に、へりくだったように聞こえると思っているのであろうか。なんだか、商売人が上客に向かって揉み手をしているようで、貧相な感じがする。

日本の国会や議会では、（言葉遣いの上で）質問者は威張りすぎているし、答弁する大臣や役人はへりくだりすぎているように思われる。

［追記］　この文章を書いた直後に、朝日新聞（平成二十九年六月二十七日号の「天声人語」の欄で、同じような意見が書かれていた。国会の質疑でいつも違和感を覚えている言い回しに「思ってございます」「感じてございます」があると記している。注意して聞いていると、このバカ丁寧な変な言い回しは国会ばかりでなく、県議会でも極めて普通に使用されている役人言葉になっているのである。

31　ジューシー

テレビを見ていたら、近頃はやりの食べ歩き番組で、鰻屋さんに入った藤原紀香さんがひつまぶしを食べて、「ジューシー！」と言った。番組で何か食べて感想を言わなければならないとき、ただ「美味しい」ではつまらないので、よく出てくるのがこの「ジューシー」という表現である。本来 juicy は「汁気の多い」という意味だから、果物にはぴったりの表現であるが、それ以外の食べ物に使うのはなかなか難しい。

ステーキなどに使うのはまだいいが、やたらに使われるとおかしい。ひつまぶしの場合は、お茶（だし汁）をかける前も、かけた後もジューシーという感じには決してならない。ジューシーなひつまぶし、そんなものを私は食べたくはない。

もう一つ、よく言われるのが、「食べやすーい」と「飲みやすーい」であるが、これは万人向きで、クセや個性がなく、美味くも、まずくもないことを言っているので、決して誉め言葉にはならない。歯が悪く、飲み込む力が弱った高齢者向きと言ったほうがいいかもしれない。

それにしても、食べた後何か気の利いた表現を工夫しなければならない芸能人さんたちの苦労はお察しする。そうかといって、上質なワインを試飲したソムリエが、「海岸の松林を吹き抜ける風のような香りです」といったことがあるが、そこまで言うと、いやらしくなってしまう。

32　助手席

車の運転席の横の席を「助手席」という。べつに「助手」らしき人が乗っているわけでもないのに。しかし、昔は本当に助手が必要だったのだ。私が小学生のころ、今と違ってキイを差し込んで回せば一発でエンジンがかかるわけではなく、助手が車の前へまわって鍵型の棒（クランク）を穴に差し込んで、グルングルンと勢いよく回してエンジンをかけたものだ。その間、運転手はアクセルペダルを微妙に調整してエンジンをかかりやすくしたものである。

欧米ではこの助手席は乗客が座る席である。一人でタクシーに乗るときは、この席に座るのが普通である。日本で一人の乗客が「助手席」に乗り込んできたら、タクシーの運転手はちょっとギョッとするかもしれない。

ついでながら、運転手を含めて五人乗りの車に乗るときに、一番偉い人はどこに座るか。欧米では運転席の横の席、日本では運転手の後ろの席、中国では後部の中央の席。私が中国に招待されていったとき、やはり後部座席の真ん中に座らされた。助手席に座りたいといったが、それでは失礼にあたるという。山岳地帯へ向かう悪路を、掴《つか》まるところのない中央座席で五時間もゆすられ続け、参ってしまった経験がある。

33 紳士服

デパートへ行くと、「紳士服」売り場というのがある。紳士肌着、紳士雑貨などもある。「紳士」と対になる言葉は「淑女」であるが、「淑女服」売り場というのはなくて、「婦人服」売り場という。

なぜ、男性客だけが紳士扱いされるのだろうか、女性客に失礼ではないのかと、いつも不思議に思っている。男性客の中には紳士とは呼べないような人のほうが多いだろうに。

筆者などは、紳士と呼ばれるとくすぐったくなるし、こんなところへ入り込んでいいのだろうかと思ってしまう。そこへ行くと、婦人のほうは気楽だ。淑女でなくたって構わない。

ただ、「婦人」と呼ばれるには三十歳を過ぎないと、ふさわしくないような気がする。

34　すごい美味しい

かなり前から「とても」「非常に」というべきところ、「すごく」ということが多くなった。しかも、最近は「すごく」という副詞を「すごい」という形容詞に変え、「すごく美味しい」というべきところを「すごい美味しい」という。「すごいきれい」「すごい怖い」など、やたらに「すごい」を連発する。

水泳選手への、わずか三〇秒のインタビューで「すごい苦しかったけど、すごい頑張ったから、すごい記録がでて、すごいうれしかった」という調子で、「すごい」が十回もでてきた。ごく最近は、「すごい美味しい」が「めっちゃ美味しい」に、さらに「はんぱない美味しい」に変わりつつある。

35 スピード感をもって

近頃、政治家や役人の言うことを聞いていると、やたらに「スピード感をもって行う所存でございます」という。ところが、実は「早急に行う」と「スピード感をもって行う」は意味が違う。

前者は本当に速く、待たせずに行うことであるが、後者は「本当は遅いのだが、速そうに見える」「はたから見ると、効率よく、さっさと処理しているように見える」やりかたである。自らそのことを暴露している言い回しなのだ。

同じ六十キロで走行していても、大型車に乗っていれば早くは感じないが、軽自動車に乗っていればすごく飛ばしているように感じる。つまり、スピード感があることになる。

本当の速さよりも速く感じること。

「スピード感」とは、そのように使う言葉なのである。騙《だま》されないようにしよう。

36　専門家アクセント

杉山愛といえば、日本の女子テニス界を代表する選手の一人で、全米オープンテニス混合ダブルスで優勝したこともあるし、ダブルスの世界ランク一位になったこともある。笑《え》窪《くぼ》のある可愛いらしい顔も好きである。ただ、気に入らないのは、彼女の話すテニス用語のアクセントがおかしいことである。

例を挙げると、サーブ（低高高）、ボレー（低高高）、シングルス（低高高高高）、ダブルス（低高高高）と発音している。これらの語は元は英語の外来語であるが、英語のアクセントとは全く違うものになっている。世界各国を転戦し、英語も達者な彼女なら、英語本来のアクセントに近い発音をするのが当然だと思うが、どうしたのだろうか。

一方、われわれテニスの素人が発音すると、上記の語はサーブ（高低低）、ボレー（高低低）、シングルス（高低低低低）、ダブルス（高低低低）となり、英語のアクセントに近いものとなる。杉山愛は外国人が相手の時には正確な英語のアクセントで話すが、日本語になると、途端にへんなアクセントになる。

このような現象は、もちろんテニス界だけではなく、野球界でもピッチング（低高高高）、ファースト（低高高高）、セカンド（低高高高）、サッカー界でもフォワード（低高高高）、キーパー（低高高高）、サポーター（低高高高高）、インターネットの世界でもメール（低高高）、ライン（低高高）、アドレス（低高高高）、ファッション界でもトップス（低高高高）、インナー（低高高高）、モデル（低高高）など、みんな第二音節以下のアクセントが高く、本来の日本語（標準語）でいうと「ねずみ、にわとり、はしりがき」と同じアクセントになっている。すべて外来語だから、元になっている英語とその発音を念頭に置いて聞くと、このアクセントは何とも気持ち悪く、不愉快で、気恥ずかしい。

さらに、日本語化した外来語は音節の数が変わる。例えば、サッカーのキーパーはkeeperで、音節は二つしかないが、へんなアクセントになった外来語のキーパーはキイパアと四音節になる。日本語では「ー」「ン」「ッ」は一つの音節を構成するからである。

私はこのへんなアクセント、すなわち最初の第一音節が低く、第二音節以下が高くなってそのままの高さを維持するアクセントを勝手に「尻上がりフラット」と呼んでいるが、言語学者に言わせると、「アクセントの平板化」と言うらしい。また、面白いことに（私も気が付いていたことだが）、この平板化はその分野に詳しい専門家がよく使うのである。そして、一部の素人もそれをまねして使い始めるというのが現状である。

そのような人たちが英語で会話をする必要に迫られた時、変なアクセントとともに覚えていた外来語のもとになっている英語だけが変なアクセントになってしまい、相手に通じにくくなるのである。

37　だいじょうぶです

ご承知の通り、この言葉は危険や失敗を恐れなくてもよい状態を示すもので、「君ならきっとうまくいくから、大丈夫だよ」「何とか自分で努力してみますから大丈夫です」などと使う。英語で言えば、ＯＫの意味と思ってよい。めったなことでは壊れない物や体を表す「丈夫」に「大」がついているのだから、頼もしい。

ある懇親会での出来事。近頃は女性もよくお酒を飲むようになったので、私の向かいに座っていた若い女性に一杯注いであげようと「お酒、飲めますか？」と徳利を差し出すと、「大丈夫です」という返事だったので、彼女の前にある杯に酒を注いだ。私は彼女の言葉を「飲んでも大丈夫です」つまりＯＫと受け取ったのだ。

すると、彼女は「ああー！」という大きな声とともに激しく手を左右に振る。それは「お酒なんて、とんでもない。注がないでください」と言っているようだ。つまり、彼女の言う「大丈夫です」は「いいえ、結構です」または「要りません」と断っているのだった。

よく観察していると、若者の間では「要らない」と断るときに「大丈夫だよ」という言葉をよく使っている。この使用法は、まだ新しい辞書にも出ていない。「大丈夫です」と言われた時、オジサンやオバサンは注意しなければならない。不要を意味するとき、よく聞くと発音が違い、「だいじょうぶです」ではなく、「ダイジョブデス」なのである。

（『随想集』より）

38　多大のご迷惑とご心配

近ごろの世の中、不祥事の多さに驚く。それに伴って謝罪会見というのも増えた。政界だろうが、芸能界だろうが、テレビの画面に現れて謝罪する人たちは、まるで判を押したように、「多大のご迷惑とご心配をおかけしたことを深くお詫びいたします」と言う。自分の行った悪事について直接詫びるのではなく、それは棚上げにして、（自分は悪くないが）、

「迷惑をかけたこと」と「心配をかけたこと」を詫びているにすぎないように聞こえる。

しかし、考えてみると、テレビを見ている大部分の人たちにとってはほとんど「迷惑」でもないし、ましてや「心配」などしていない。ただ、けしからんことだと呆れはてているだけである。同じような意見を、いつも良い発言をされると感心している元鳥取県知事の片山善博さんが見事にテレビで代弁しておられた。誰でも、そう思っているのだろうから。

本当に謝罪するつもりなら、「自分の行ったことを恥じ、深く反省しております」というべきであり、それなら表向きは受け入れてもよいだろう。

（『随想集』より）

39 正しい交通ルール

私がまだ横浜国立大学に勤務していたころ、多分一九八〇年ころだと思うが、横浜駅の西口でバスを待っていると、やってきたバスの前面に大きな黄色い幕が、まるで陸上競技選手のゼッケンのようにヒモで結び付けられている。幕面の文字を見ると、「正しい交通ルール」という標語が書かれている。はて、何度も見ているうちに、「なんだかおかしいぞ」と思い始めた。

なぜなら、「正しい交通ルール」があるなら「正しくない交通ルール」もあるはずだ。しかし、そもそも「ルール」というのは正しいも、正しくないもなく、「規則」「取り決め」である。赤信号で止まるのは、それが正しいのではなく、信号が赤になったら止まるという取り決めに過ぎない（青になったら、止まるだっていい）。

その黄色い布の下のほうに「神奈川県警察本部」とあったので、私はさっそくそこへ電話をかけた。そして、まず「正しい交通ルールがあるのなら、間違った交通ルールというのがあるんですか？」と問いただした。電話口に出た警官は一瞬言葉をうしなった。そして「上司に相談します」と言って電話を切った。

数日後、神奈川県警の部長さんから電話があった。そして会議を開いて検討した結果、「くやしいけれど、先生の言うことが正しいですな」と意外と素直に認めてくれた。ただ、「くやしいけれど」というところが、いかにも警察らしいなあ、と可笑しくなった。

そして約一か月後、神奈川県下を走るすべてのバスの前面には「みんなで守ろう交通ルール」という黄色い幕が張られていた。私は「うん、これならよろしい」とうなずきながら、私の一言で新しい標語を刷り込んだ幕を作製するのにずいぶんお金がかかったろうなあ、とちょっと自責の念に駆られた。警察のほうでも、「ずいぶん暇な大学教授もいるもんだ」とあきれたかもしれない（本当はたいへん忙しいのだ）。

40　宅急便とセロテープ

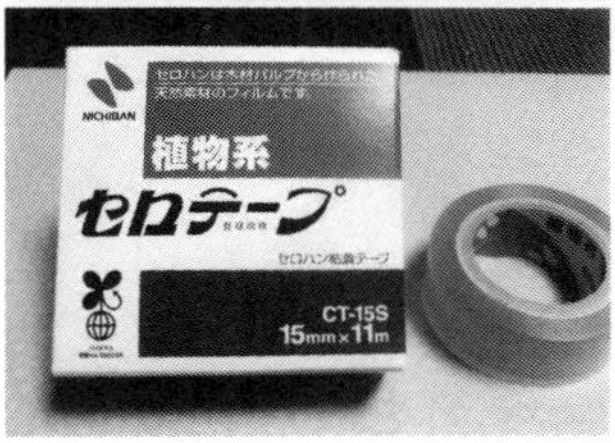

ずいぶん前の話。NHKのテレビ番組で土壌生物が取り上げられ、私が出演した。リハーサルの時、「採取した土壌試料はダンボール箱に入れて宅急便で研究室に送るのです」と言ったら、「あっ、宅急便はやめてください」とストップされた。「宅急便」はクロネコ・ヤマトの商品名だからというのである。

公共放送たるNHKの番組ではコマーシャルをやってはいけないのであった。別に広告をしようという意図がなくても、商品名を言ってしまうと結果的に広告になってしまうということらしい。

「宅急便」は「宅配便」といえば、いいのだそうだ。

また、別の番組では、「セロテープ」と言ったら差し止めを食った。なぜなら、「セロテープ」は積水化学の商品名だから、「セロハンテープ」と言い直してくださいとのこと。ヤマト糊やマジックインキも商品名らしい。喋っている時に、一般名と商品名を意識して区別するのは、誠に難しい。

41 ちょうどから、いただきます

レストランで食事を終え、支払いカウンターへ行く。請求書を見ると、三千八百円とあるので、五千円札を出す。すると、レジ係のお姉さんが「五千円から、いただきます」と言って千二百円お釣りをよこす。この「○○円から、いただきます」というのは可笑しいという人もいるが、私はこれで構わないと思う。できれば「五千円お預かりします」と言えば、なおいいのだろう。

しかし、もし私が請求額通りピッタリ三千八百円出した場合、彼女は何というか？「ちょうどから、いただきます」なのである。これはどう見ても、おかしい。「ちょうどから」の「から」は不要であるどころか、入れてはいけない。「ちょうど、いただきます」というのが正しい。これはレストランだけのことではなく、全国津々浦々の、あらゆる商店で言われていることである。特に若い女性の場合が多いような気がする。

お客からいくらいくらの金額を預かろうが、「〇〇円から」の「から」が不要なときも捨てられないのだ。「から（殻）」から抜け出せないヤドカリみたいなものである。

42　手と足

人間の体の部分はかなり細かく区分され、それぞれに詳しく呼び名がつけられている（はずである）。ところが、手と足については、どうもあいまいでよくわからない。「長い手、長い足」の手は肩から指先までを指し、足は腿の付け根から指先までを指す。いいかえれば、「腕」と「脚」にあたる。しかし、「大きな手、大きな足」の手は手首から先、足はくるぶしから先を指す。

辞書を引いてみると、「手は胴体の上から出ているもの、足は胴体の下から出て体を支えるもの」というような説明が多く、上に述べた二つの使い方の前者のほうに重きが置かれている。

たとえば、手（手首から先、英語のhand）の例——手袋（ご婦人のパーティー用のは別）、手をもむ、手のひら、手作り、手掴み、手形、握手、手に汗握る、手に入る、などなど。足（くるぶしから先、英語のfoot）——足袋（たび）、足裏マッサージ、足湯、足跡など。一方、手（肩から先、腕、英語のarm）——手を伸ばす、手を広げる、手を挙げる、手で漕ぐ、手投げ弾など。足（腿から下、脚、英語のleg——足を延ばす、速足、足で蹴る、机の足、直立二足歩行など。

このようなあいまいな区別をほぼ間違いなく使っているのが日本語の特徴なのかもしれない。あまりうるさいことを言うのは、やめよう。

43 ナイーブ

神経質な性格や神経が過敏になっている人の状態を、よく「ナイーブ」と言っている。しかし、ナイーブ（naïve）とは「純真な子どものような」「全く邪心のない」「天真爛漫な」という意味であって、最初に記したような意味は全くない。むしろ「神経質」とは反対に近い。この誤用は実に広くいきわたってしまっており、修正困難な状態にある。

なぜなら、驚くべきことに、言葉を操ることが本職といえる著名な小説家、たとえばW氏のエッセイのなかでも、鋭い批評で有名なコメンターターのA氏（元新聞記者）のテレビ発言の中でも、ナイーブを誤って「神経質」の意味で用いている（最近訂正された）。

最近では、三月二十三日の昼のTBSのニュースの中で、農場から逃げ出したシマウマが捕まえようとした警官らに囲まれ、「ナイーブになっている。シマウマは神経質な動物ではないと思うんですが……」とお馴染みの司会者のM氏が」言っていた。

二〇一七年八月十二日の朝のテレビ朝日でも、素人発言で問題になった江崎大臣について「大臣は失言問題でナイーブになっている」と報道していた。しかも、「ナイーブ」という語を拡大して画面いっぱいに大写しにしていた。どうしてこうもみんなが間違えるのだろうか。

もし、「神経質」という意味で使いたいのなら、ナイーブ（naïve）ではなく、ナーバス（nervous）を使うべきであった。

（『随想集』より）

44 なんだろ

喫茶店の中での話。隣に座った女の子二人が大きな声でしゃべっているのが聞こえる。「あの子が着てるもの、ブランド物が多いんだけど、なんだろ、あまり似合ってないんだよね。なんだろ、趣味が悪いというか、なんだろ、センスがないのよね……」ひとりで延々としゃべっているが、「なんだろ」がざっと数えて二十回も出てきた。そのあとは数えるのをやめてしまった。なんだろ、多分彼女の口癖なのだろう。

誰だったか、名前は忘れたが、テレビのコメンテーターで、やたらと「いわゆる〜」を繰り返す人がいる。英語で言うとwhat you callで、これを連発する外人もいる。テニスプレイヤーの錦織選手のコーチのチャンさんは会話の中にやたらとyou knowをはさむが、そのコーチを受けている錦織の英語のスピーチもyou knowがたくさん出てくる。

やはりテレビでおなじみのコメンテーターのT氏は「逆に言うと」をよく使うが、かならずしも逆に言ってないときも多い。同じ口癖でも、聞いていて気持ちの良いものもある。元NHKのワシントン支局長だった手嶋龍一氏は「えェ」という自分でうなずくような言葉を盛んに入れて快調なテンポで話し続けるが、説得力があって、いつの間にか話に引きずり込まれてしまう。

これらの言葉を会話の間に挟んでいるわずかな時間に次に言うべき適切な言葉を選択しているのかもしれないし、単なる会話のリズムを作っているのかもしれない。寡黙《かもく》な人やゆっくりと話す人には、このような口癖があまり見当たらない。

45　にこたま

昨日テレビを見ていたら、東急田園都市線の二子玉川駅周辺で激しい集中豪雨があって、街中の道路が深く水浸しになっている光景が画面に映し出された。そのとき、アナウンサーが「にこたま……」と言いかけて、あわてて「二子玉川、二子玉川、二子玉川」と三回も言い直したのには、大笑いしてしまった。

若者たちの間では、二子玉川（ふたこたまがわ）のことを「にこたま」と略して読んでいる。アラサー（三十歳前後の女性のこと）の女性が遅まきながら迎える思春期を描いた渡辺ペコ作「にこたま」という漫画も出ている。そういう事情があったとしても、テレビのアナウンサーが間違えて「にこたま」と言うかねえ。

駅の名を正式名で呼ばないケースはまれであるが、一つだけ「あきばはら」（秋葉原）というのがあった。正式には「あきばはら」で、駅舎やプラットホームにもそのようにかいてある。しかし、多くの人が「あきばの電気街」などと言っているのは、「あきばはら」を縮めたものである。ＡＫＢ48も「あきば」を略してＡＫＢとしたものであるが、ただしいのが「あきばはら」ならば、ＡＫＨとしなければいけなかった。

しかし、よく調べてみると、江戸の大火の後、防火の神を祭った秋葉神社を建て、その周辺を広い原っぱにしたということであり、その話と結びつけるならば、今の駅名に反して「あきばはら」が正しいことになる。ああ、ややこしい。

46 認知症

この言葉が使われ始めたのは今から十三年前、二〇〇四年からだという。それまでは「痴呆症」という大変わかりやすい言葉で呼ばれていたのだが、差別的な言葉だとされた。それではどのように呼んだらよいかというので、厚生労働省が公募を行い、その結果「認知症」が採用されたのだという。

筆者はこの言葉を聞いた途端、「あれっ、変だなあ」と思った。なぜなら、脱水症、中毒症、高血圧症、ビタミンD欠乏症のように、「症」の前には身体や心の病的な状態を表す言葉が来るのが普通だからである。その伝でいけば、「認知」というのは病的な状態を表す言葉ということになってしまう。もし正しく表現するならば、「認知機能低下症」というべきなのだろうが、これでは長ったらすぎる。「弱認知症」ではどうか。どうもよくない。困ったものだ。

同様に、「少子化担当大臣」も、よく考えるとおかしい。普通に解釈すれば、「少子化を進めるための大臣」となる。行革担当大臣、防衛担当大臣、地方創生担当大臣なども、行革、防衛、地方創生を進めるのが仕事の大臣である。少子化担当大臣は正式には「内閣府特命担当大臣（少子化対策担当）」というんだそうだが、これでは長ったらしすぎる。認知症同様、言葉を短くしたがために意味がおかしくなってしまった例である。

47 博士（工学）

大学の教授、研究者、お医者さんなどから名刺をもらうと、名前の上に「工学博士」「理学博士」「医学博士」などと書いてある。しかし、若い研究者などの名刺を見ると「博士（工学）」「博士（理学）」「博士（医学）」などとなっている。博士号の表記の仕方が昔と今では違っているのである。つまり、前者では専攻分野を学位の前につけるのに対し、後者では専攻分野を学位の後にカッコに入れて説明しているのである。

一体、どう違うのだろうか。この違いは学位を出す大学によるのでもなく、本人が勝手にそうしているのでもない。一九九一年（平成三年）の学校教育法の改正に伴って行われた処置なのである。私の場合は、学位を取得したのが一九六三年であるから、学位の名称は「農学博士」であって、博士（農学）ではないし、今さら博士（農学）に変える必要もない。正直、よかったなあと思う。

なぜって、カッコつきの変な博士号なんて、もらいたくない。書類や名刺などに書くときは良いとしても、口で言うときは、どうするのだろう。「私は博士、カッコ農学カッコ閉じです」だろうか。○○博士は呼称や敬称に使えるが、博士（○○）では、そうはいかない。お役人の考えは文書上のことに限られ、普段の生活の中で使われることは念頭にないらしい。私の予想では、このよからぬ改正は、いつか元に戻されるであろうと思われる。

ついでに言うと、テレビに出てくる日本の研究者や学者は、博士であろうとなかろうと、ほとんどすべて「○○さん」と言われ、○○博士」とは呼ばれない。テレビを見ているほうは、博士号を持っている人の言うことなら、それだけ信用できると思いたいところだが、博士だけを特別扱いしないという平等精神に基づくのであろうし、それはそれで結構である。

しかし、不思議に思うのは、外国人研究者が登場すると、ほとんどすべて「○○博士」と呼ばれたり、書かれたりしている。博士号を持っていない人も、外国人の学者はすべて博士になってしまうらしい。この不統一には何か理由があるのだろうか。

48 はやて

東北・山形・秋田・北海道新幹線に「はやて」という特急列車がある。この「はやて」は漢字で書くと「疾風」、すなわち突然に吹く激しい風のこと。新幹線の列車の名前としては、なかなか味のあるネーミングだと思う。

しかし、問題はその発音である。乗客や駅員のほとんどが「はやて」を「高低低」のアクセントで発音し、本来の意味の「疾風」のアクセント」の「低高高」で発音する人はいない。つまり、特急「はやて」は、「追手、決めて、切手、さかな、刺身」などと同じアクセント（低高高）で発音されるべきで、「隼人、トマト、沼津、テレビ、道路」などと同じアクセント（高低低）で発音すべきではない。漢字で書くと「疾風」となることを知らずに、あるいは知っていても、周囲につられて発音しているのかもしれない。

さて、他の新幹線の列車名については、どうだろうか。「さくら、のぞみ、ひかり、あさま」のアクセントは低高高で異論はないだろう。「やまびこ、はやぶさ、たにがわ、はくたか、かがやき」も低高高高で問題なさそう。しかし、「こだま、つばさ、みずほ、つるぎ」になると、低高高および高低低の二通りのアクセントがありそうである。日本語は、難しい。

49 パンツ

ご婦人に向かって「すてきなパンツをはいてますね」といったら、言われたほうが若い女性やファッションに関心のある人だったら、「あら、ありがとう」というだろう。しかし、これが中年女性だったら、どうだろう。「えっ！ どうしてわかるの？ 見えたの？」と、なるかもしれない。なぜなら、年配の（いや、普通の）人はズボンとパンツを使い分けていて、パンツのほうは下着だと思っているからである。

日本での外来語としての英語は以前のイギリス英語から今やアメリカ英語に置きかわりつつあり、ズボンをアメリカ式にパンツと呼ぶことも多くなってきた。パンツルック、パンツスーツなどなど。

一方、下着としてのパンツの使用はいくらかすたれてきており、男性用はブリーフ、トランクスに、女性用はパンテイーに変わってきた。うるさいことを言えば、ブリーフではなくブリーフス（briefs と複数形で）、パンティーではなくパンティーズ（panties と複数形で）というのが正しい（眼鏡は一個でも glasses というように）。ついでに、ズボンはフランス語の jupon がなまったものというが、辞書を引いてみると jupon は女性のスカートの下にはくペチコートとある。訳が分からなくなってきた。

50　犯人の方がおっしゃった

ずいぶん前の話だが、航空機が乗っ取られた際、最後に救出された乗客の一人がテレビ局のインタビューに応じて「客室内に入ってきた犯人の方が、全員手を挙げるようにおっしゃいました」と述べていた。まず、「犯人の方（かた）が」最後に「おっしゃいました」と二度も敬語を使っている。

なんで憎むべき凶悪な加害者に対して被害者が敬語を使ったのだろうか。この不自然な言葉の使い方は、おそらく客室内での上下関係、つまり犯人は乗客より強く偉い人物で、乗客は彼の命令に従わざるを得ない弱い立場にあった。その関係が救出後も心の中に残っていたのだろうか。

その後、さまざまな事件で、被害者が犯人のことを「犯人の方が」とか「そう、言われた」とか敬称で呼んでいるインタビューを何回か見た。入居者十九人が殺害された擁護施設「やまゆり園」での事件でも、警察の事情聴取に職員が「あのかたは平成十二年十二月まで、ここに勤務されていました」と敬語を使っている。そのあたりの心理については、私にはよくわからない。

51 ハンバーグになります

レストランに入って、料理を注文する。やがてウェイトレスが料理を運んできて、「こちらのほうがハンバーグになります」といって料理の皿をテーブルの上に置いていった。この「ほう」も変だが、「なります」のほうがもっと気になる。ごく普通に「ハンバーグでございます」といえばいいものを。何者かがハンバーグに変身したのだろうか。いや、ちがうな。この「なります」はいったい何なのだろうか。

52　ビジネス・クラス

航空機の客室にはエコノミー・クラス（標準客室）、ビジネス・クラス（上級客室）、さらにその上にファースト・クラス（最上級客室）が区別されている。

ファーストクラスには一度しか乗ったことがないが、まずシャンペンが出され、食事も弁当形式ではなく、一皿ずつ順番に供され、食事が終わると、客室乗務員の長と思しき男性がやってきて「お味はいかがでございましたでしょうか」なーんて訊いてくれる最高の待遇である。

次のクラス、ビジネスクラスの座席もエコノミークラスに比べてはるかにゆったりしており、フルフラット（まっ平）にしてぐっすり眠ることもできる。通路にも直接出られ、他の乗客に気兼ねすることもない。食事のメニューも豊富で、ワインも高級なものが取り揃えてある。これは確かにかなり贅沢である。

それなのに、どうしてビジネス・クラスと呼ぶのだろうか。ビジネスとは仕事・業務である。遊びに行くわけではなく、仕事の必要から場所を移動するために航空機に乗るのである。したがって、贅沢は必要ないし、会社にとっても無駄なはずである。一方、観光などの楽しみが目的の旅行なら、航空機は単なる移動手段ではなく、楽しみの一つでもあり、贅沢するのもよいではないか。

しかし、ビジネス・クラスに座っている乗客を観察すると、普通のビジネスマンではなく、かなり偉そうな人たちがほとんどである。ビジネス・クラスのことをイクゼキュウテイヴ・クラスともいうそうだが、それならば社長や支配人など幹部役人のためのクラスという意味になるから、文句は言わない。多くのビジネスマンはビジネス・クラスに乗っていないのである。

53　幅員減少

車で道路を走っていると、時に「幅員減少」という標識に出会う。「ここから道幅が狭くなりますよ」という意味である。それなら、「道幅減少」とすればいいのに、わざわざ「幅員《ふくいん》」などという難しい専門用語が使われる。ついでにいえば、「橋梁《きょうりょう》」は単に「橋」でいいし、「隧道《ずいどう》」はわかりやすく「トンネル」でいいではないか。

さすがに「登攀車線」は最近では「登坂車線」に書き換えられた。道路の設計や工事を担当するプロたちの間で使う専門用語を、なぜ一般ドライバー向けの標識に用いるのか、気が知れない。

54 目（め）のあたり

あるテレビのアナウンサーが原稿をみながら、「その光景を目（め）のあたりに見て非常におどろきました」と読み上げた。その画面を目（ま）のあたりにして非常に驚いたのはこちらのほうだ。

最近の人は漢字が正しく書けないといわれるが、これは自筆で書こうとすると書けないのであって、パソコンを使えば機械が正確な漢字をあてがってくれる。問題は、むしろ読むほうである。「目のあたり」とあれば、その字の通りに「めのあたり」と読んでしまう。怪鳥（けちょう）を「かいちょう」、煮沸（しゃふつ）を「にわき」、声高に（こわだかに）を「こえだかに」と読んでしまう。これがテレビのアナウンサーの話だなんて、あまり声高には言えたものじゃない。

55 やばい

当然のことながら、中年以上の人たちにとってヤバイとは困った時に使う言葉である。たとえば、まずいことが上司にばれてしまったとか、降りるべき駅を乗り過ごしてしまったとか、葬儀で献杯というべきところを、うっかり乾杯と言ってしまったとか、困った、危険な、まずい、取り返しがつかなくなった場合などに使う。

新明解国語辞典によれば、もともとは香具師《やし》や犯罪者仲間などの社会での隠語で、警察の手が及ぶような状態を指すとある。つまり、ヤバイとは悪いことを表す言葉であるのに、最近の若者の間ではこれを良いことに使っているのに気づいた。

あるファミリーレストランで食事をしていた時のこと、隣の席に三人連れの女子学生がいて、運ばれてきたハンバーグを一口食べた一人が「あっ、これ、ヤバーイ」と言ったのである。今でこそ、それを聞いても「ああ、若者表現だな」と思うところだが、かなり以前の話であったので、私はびっくりした。きっと、ハンバーグの中になにか異物が混入していたのではないかと思ったのである。ところが、他の女子学生もほぼ同時に「あっ、ほんとにヤバーイ」と美味しそうに言うのを聞いて、これは褒め言葉なんだとわかった。

その時、店のドアが開いて、一人の格好いい青年が入ってきた。すると、一人の女子学生が前かがみになって、そっと小声で「あいつ、ヤバイ」と言った。つまり「あの人、素敵」と言っているのであった。最近の若者の間ではヤバイは誉め言葉としてか使われないようになってしまったのかと思った。ところが、どうもそうでもないらしい。

別の日、やはりレストランで若い男がビールの入ったコップを倒してこぼしてしまった。その時に彼が発した言葉は「あっ、ヤバ、ヤバ、ヤバーイ」であった。

(『随想集』より)

56 役不足

まだ子供が小さかった頃、学校のPTA会長を選ぶ会合に出席したことがあった。その時に推薦された人が「会長なんて、そんな大それたことは、わたしには役不足で、お引きうけできません」と言って断った。その後に選ばれた人が会長を引き受けた時に、「役不足ですが、努力してやってみます」と言ったのを聞いた。これは「役不足」の大変な誤用である。

役不足は、もともと歌舞伎で使われた用語で、本来ならばもっと大きな役を演じるべき役者があまり重要でない端役をあてがわれたのを気の毒に思い、同情して慰める言葉である。つまり、その人の実力に比べて役のほうが不足しているということ。したがって、この言葉は相手に言うのであって、自分に当てはめてはいけない。

自分にとって役不足というと、「俺はもっと大役を与えられるべきだ。こんな小さな役をやらされて不満だ」ということになってしまう。もし、謙遜して言いたいなら、役不足ではなく、「力不足」と言えばいいのである。

（『随想集』より）

57　やたらと句読点

電車の中や駅に貼られた広告を見ると、やたらと句読点が多いのに気づく。つまり、普通なら句読点を打たない箇所に句点（。）や読点（、）が打たれている。

たとえば、「駅と未来に近いビル。」（不動産屋の広告）、「まるで炭火焼き。」（電気オーブンの広告）、「あの駅。この駅。見上げれば、そこに。」（ビルの広告）、「春の日の、恵比寿。」（商店街の広告）。「春の日の」は直接「恵比寿」にかかるのだから読点は要らないし、「恵比寿」の後の句点は、文章の終わりではないので、普通は要らない。

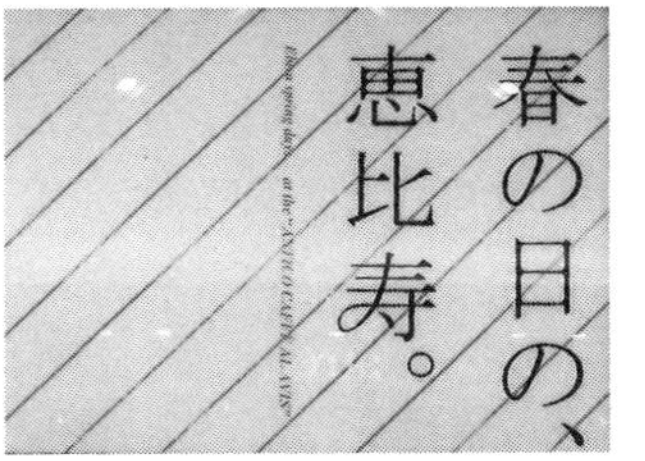

形容詞の後に読点を打って意味を強調したり、名詞の後に句点を打って全体を引き締めたりする効果を狙っているらしいのはわかるが、何とも奇妙な感じがする。今のところ、広告業界だけの現象であるが、他に広がりだしたら、どうなるだろう。

58　雪に変わりはないじゃなし

みなさん、「お座敷小唄」はご存じだろう。

一番の歌詞は、次のように始まります。「富士の高嶺に降る雪も　京都先斗町に降る雪も　雪に変わりはないじゃなし　溶けて流れりゃ皆同じ」このなかの「雪に変わりはないじゃなし」がどうしてもおかしい。回りくどい言い方なので、ちょっとわかりにくいが、要するに、どこに降る雪だって、同じ雪ではないか、と言いたいのである。それなら、「雪に変わりはあるじゃなし」と言わなければいけない。

「ないじゃなし」は二重否定になっているので、結果的に「ある」となり、先斗町に降る雪は、ただの雪ではなく、特別な雪だということになる。ぼくは、「そのほうがいいなあ」と思うんだが。とにかく、この歌の作詞者は二重否定などという面倒くさいことは考えずに、どこに降る雪だって同じだと言っているのだ。

最後に、「溶けて流れりゃ、皆同じ」と言っているのも、そのことをさらに強調しているのだ。

いや、しかし、待てよ。このくだりをよく読むと、溶けて流れりゃ同じだが、溶ける前はちがう雪なんだ」ともとれる。ああ、もう、わからなくなった。うるさいことは言わずに、どんな男女の関係も、やがては同じような結末を迎えるものだと、ぼんやりと解釈しておこう。

どうでもいいことかもしれないが、意地悪な目で歌の歌詞を注意してみると、おかしな言い方によく出会う。桃太郎の歌でキジが「桃太郎さん　桃太郎さん　お腰に付けた黍団

子　一つ私にくださいな」というと、桃太郎が「あげましょう　あげましょう　これから鬼の征伐に　ついていくならあげましょう」となる。しかし、後のほうの部分の「ついていくなら」がおかしい。

キジは桃太郎のすぐ後ろから追いかけてきているのだから、桃太郎のほうから見れば「ついてくるなら」のほうがいい。「ついていくなら」というと、桃太郎自身ではなく、だれか先のほうを歩いているものを指すように聞こえてしまう。ずいぶん、細かいなあ。

「千の風になって」一番の歌詞。「私のお墓の前で　泣かないでください……千の風になって　あの大きな空を吹きわたっています」この中で「あの大きな空を」がおかしい。なぜなら、地上にいる人間から見れば、千の風が吹きわたっているのは見上げた上のほうの高いところだから「あの大きな空」となるが、わたし（千の風）からみれば、自分が高いところ、空のまっただ中にいるのだから「この大きな空を」でなければおかしいのである。

「かごめかごめー　籠の中の鳥は　いついつでやる　夜明けの晩に　鶴と亀がすべったうしろの正面だあれ」と歌う。「晩」とは日が暮れた後、夜が来る少し間のことだから、夜が明けるときのことを「晩」とは言わないだろう。「夜明けの晩」とは一体いつのことだろうか。また、「うしろ」は「正面」の反対側だから、「後ろの正面」とはめちゃくちゃである。私が何か勘違いをしているのだろうか。

59　よこあま（横浜）

アナウンサーの日本語は正しい標準語で話され、その発音もお手本にすべきものと思われている。しかし、よーく聞いていると、特に早口になった時に、おかしな発音になることが多い。例を挙げると、ヨコアマ（横浜）、チヴァケン（千葉県）、イツ半島（伊豆半島）、チイシツ（知事室）など、たくさんある。その原因は唇や舌をきちんと使わずに、怠けるからである。不思議なことに、この発音の「だらけ」は男性に多く、女性には少ない。

私の知る限り、もっとも美しく正確な日本語を話すアナウンサーはＮＨＫエグゼクティヴアナウンサー森田美由紀さんと元ＴＢＳの警視庁担当交通キャスターの阿南京子さんのお二人である。その発音の美しさと魅力的なアクセントには、うっとりと聞きほれてしまう。

また、このような発音の乱れは方言では起きず、標準語でよく生ずるように思う。つまり、標準語は書くための言葉として定められたと考えられ、喋るため、聞くために作られた言葉ではないらしい。したがって、かなりしゃべりにくいし、聞き取りにくい。

　標準語は東京の言葉だと思っている人が多いが、東京には江戸弁がある。江戸弁も、関西弁も、東北弁も実に喋りやすい。それぞれの地方で自由に、自然に正しい方言を話し合っている人びとがうらやましい。

60　ライスカレー

　今から五十数年も前、大学を出たばかりのころだったと思うが、レストランで「ライスカレーをください」と頼んだら、ウェイトレスに「カレーライスでございますね」と言い直され、「この頃はライスカレーと言わずに、カレーライスというんだ」と単純に思った。しかし、この両者は別々のものを指すのだという解説を何かの本で読んだ記憶がある。ライスの上にカレーをかけてあるのがライスカレー、ライスとカレーが別々になっているのがカレーライスだとい

う。

英語の辞書を引くと、curry and rice とあるので、ライスとカレーが別々になっているのが本来の姿らしい。学食の、ドロリとしたカレーをご飯の上にかけた一皿三十五円のがライスカレーで、新宿の中村屋で出される一皿四〇〇円もする高給カレーは、カレーが別にソーサーに入れてあり、それがカレーライスなのだと納得した（ちなみに、中村屋では昔も今も「カリーライス」と呼んでいる）。

しかし、ライスとカレーが一緒だろうが別々だろうが、今はどっちのスタイルのカレーも、ライスカレーとは言わずに、みんなカレーライスになってしまった。でも、ライスカレーのほうが、なんとなく郷愁を感じて好きだ。

（『随想集』より）

［追記］　ご飯とは別にカレーを入れてある容器のことを本文では何を勘違いしたか、「ソーサー」と記してしまった。ソーサーとは紅茶やコーヒーのカップを載せる下皿のことだった。カレーを入れる容器のことは正しくは「グレイビーボート」というのだと読者からご注意をいただいた。グレイビーソース（肉汁のソース）を入れるためのもの

で、グレイビーポットとかソースポットともいうらしい。新宿中村屋でインド式カリーを食べた時、店員に聞いたらカレーポットですという返事だった。それにしても、欧米でこの容器の形をボート（小舟）に譬《たと》えるとは面白い。私にはペリカンの嘴（くちばし）に見えるのだが。

61 ライバル

世の中には、「ライバル」は「敵」だと思っている人が結構いる。

確かに、戦争している国どうしはお互いに「敵」であるが、スポーツの国別国際試合の国どうしは「競争相手」であって「ライバル」といえよう。また、同じスポーツの中での上位の選手同士はライバルである。敵同士は互いに敵意を持ち憎みあうが、ライバル同士は互いに好意を持ち、時には尊敬しあい、互いに切磋琢磨《せっさたくま》し、それぞれに自分を高める努力をする。獲得しようとするものは、物、賞、記録、恋人などさまざまである。

日本人横綱の出現を切望する相撲界にあって、大関の琴奨菊と稀勢の里はよきライバル同士であった。琴奨菊は先に一度優勝したものの怪我のために落ちていき、その後に優勝した稀勢の里が久々の日本人横綱の地位を獲得した。高安、正代、御嶽海なども互いに良きライバルになろう。

あるテレビ番組で、舛添要一氏（当時、東京都知事）と田島陽子氏（当時、法政大学教授）が対談したことがあった。舌鋒の鋭さでは田島さんがかなり勝っており、舛添さんはややタジタジの体であった。この二人は互いに好意を持っているわけでもなく、尊敬しあっていることもない（多少は尊敬しあっているかもしれない）のに、テレビではこの二人の関係をライバルと呼んでいた。これは明らかな間違いで、舛添知事にとって田島教授は明らかに「天敵」の一種だったのである。

62 リピーター

同じホテルを何度も利用する客、同じレストランに何回も来てくれる客、飲み屋の常連客などを日本語で「リピーター」と言っている。非常によく使われる言葉であるが、英語の辞書で repeater を引いてみると、ちょっと違う。

万引きを繰り返す常習犯、何度も医療過誤を繰り返す医者、同じ学年をもう一度やらされる落第生など、つまり悪いと知りつつ、どうしても同じことを繰り返してしまう情けない者を表す「悪い言葉」なのである。

何度も来てくれる有り難いお客さんのことを言うなら、適切な英語は repeat visitor である。

（『随想集』より）

V 意地悪川柳

天候――

外れても　天気予報は　見てしまう
予報官　外れて謝る　人の良さ
雨の旅　誰を恨んで　よいのやら
大雨や　屋根があるだけ　ありがたや
台風は　あちこち向いて　やってくる
マンションじゃ　雨だれの音《ね》も　聞こえない

旅――

一人旅　寝るも食べるも　好き勝手
一人旅　そこに居たけりゃ　いつまでも
独り言　言いたい放題　一人旅
寂しさも　旅の味付け　一人行く
宿屋では　歓迎されぬ　お一人さん
どちらまで　その一言で　うちとける

どちらまで　余計なことは　訊かぬ旅
カメラ狂　景色楽しむ　暇はなし
ケイタイと　カメラない旅　素晴らしい
窓開けて　買う駅弁や　懐かしい（一昔前）
駅弁屋　列車と並走　釣銭を（〃）
木の折を　開けて楽しや　アイスクリン（〃）
開《あ》かぬ窓　見送る人は　手話ばなし
お土産は　地元のスーパー　見るがいい
奈良京都　日本人には　宿がなし

電車――

若者が　狸寝入りの　優先席
年寄りが　猛突進する　優先席
思わずに　席を譲られ　年を知る
照れ屋さん　降りる振りして　席を立つ

譲り合い　まだ大丈夫　この国は
譲られて　座りゃいいのに　怒るアホ
空席に　座らないなら　前立つな
居眠りで　寄りかかる美女　どうしよう

タクシー――
急ぐとき　タクシー拾い　大渋滞
タクシー代　降りる寸前　なぜ上がる
喋りすぎ　または無口の　運転手

飛行機――
乗務員　作り笑顔は　しんどかろ
機内食　ナイフとフォーク　だけ立派
機内食　やることないから　まあ旨い
たまにしか　ない事故といえ　祈る客

着陸時　逆噴射音に　身が縮む
逆噴射　思わず手足　力込め
着陸後　命拾いを　した気持ち
団体さん　無事着陸に　大拍手
ジャンボ機は　空を飛んでる　気がしない
ジャンボ機は　荷物なかなか　出てこない
中央の　肘《ひじ》かけどっち　使うのか
荷物台　回転寿司が　まねしたか
離島便　機長の白髪《しらが》　頼もしや
セスナ機は　エンジンの音　心地よし

船――

船旅は　普段と違う　時が過ぎ
船旅は　天国地獄の　分かれ道
揺れる船　下ろしてくれは　無理なこと

島影が　だんだん見えて　汽笛鳴る

老い――

亡き母に　付けた手すりを　我使う
小便が　なかなか出ない　お隣も
血圧に　悪いものだけ　なぜ旨い
好きなもの　コレステロール　なぜ増やす
免許証　涙をのんで　ご返却
運転を　止めればボケが　進みそう
お洒落だと　言われた帽子　禿げ隠し
蚊に吸われ　賞味期限は　まだ先か

病院――

病院へ　行けばどんどん　薬漬け
良いお医者　薬出さずに　儲けなし

お医者様　患者を見ずに　パソコンを
二時間も　待って診察　はい二分
患者には　体重落とせと　デブの医者
老外科医　大丈夫かな　手が震え
昔ほど　看護婦さんは　怖くない

結婚式——
花嫁は　だれもがみんな　才色兼備
友人は　悪口言えば　それでよし
仲人は　悪口言えぬ　もどかしさ
披露宴　簡単ですがと　長挨拶
披露宴「帰ってこよ」と　カラオケで
最初から　ご飯出してよ　飲めぬ人

音楽会――

どうしよう　咳が止まらぬ　コンサート
指揮者はん　たまにはこっち　向いてんか
知らぬ曲　誰が最初に　拍手する
その辺で　もうやめとこや　アンコール

酒――

検査前　抜いたお酒の　旨さかな
乾杯は　ビールの泡が　消えてから？
つい買うな　新デザインの　缶ビール
どうしても　買ってしまうな　期間限定
朝起きて　気分が沈む　禁酒デー
安ワイン　うっかりほめて　恥をかき
今でこそ　芋焼酎も　料亭で

食べ物――

よく噛めと　言われりゃ飯が　まずくなる
蕎麦《そば》と寿司　早く喰わねば　旨くない
せっかちは　飴玉なめず　噛み砕く
好き嫌い　ないのは飢えた　経験で
キノコ狩り　人が食べるの　待ってから
食べごろを　見抜くカラスの　憎らしさ

ダイエット――

痩せたって　美人になれる　保障なし
痩せるのと　萎《しな》びるのとは　大違い
痩せよりも　太めが好きな　人もいる

マスコミ――

週刊誌　捜査機関に　変身か

新聞は　厚くなるほど　読む気失《う》せ

日本人――

大急ぎ　エスカレーター　駆け上がり
外国語　話せりゃ何も　怖くない
日本人　ご飯やめたら　外国人
花《はな》吹《ぶ》雪《ぶき》　ああ我は今　日本人

あとがき

本が出来あがってみると、やはり嬉しい。専門的な内容の本が出版された時とはまた違った喜びがある。しかし、さっと読みなおしてみると、今度は恥ずかしさが沸き起こってくる。政治・経済・社会の問題にほとんど関心がなく、その方面の勉強を何もしていないのがバレてしまう。

自分では「人間生態学」だなんて思っているが、ただ意地悪な目で人様の言動を斜交《はすか》いに眺め、感性だけに頼って言いたい放題を述べているだけである。また、何十年も前に書いた文章もあり、今の時代に照らせば見当はずれな感想も多く見当たって恥ずかしい。

年を取ると、どうしても小うるさくなってくる。そう言えば、落語に出てくる大家の小《こ》言《ごと》幸兵衛も麻布の住人でしたね。その小言がなくなって、穏やかな老人になった時、お迎えが近くやってくるのだろう。

平成二十九年十一月二十日　東京西麻布で八十二歳の秋を迎えて

青木 淳一

青木淳一（あおき・じゅんいち）
1935 年　京都市に生まれる
1954 年　学習院高等科卒業
1963 年　東京大学大学院 生物系研究科修了 農学博士
1964 年　ハワイ・ビショップ博物館 上席研究員
1965 年　国立科学博物館 動物研究部 研究官
1977 年　横浜国立大学 環境科学研究センター 教授
2000 年　神奈川県立生命の星・地球博物館 館長
現在　横浜国立大学 名誉教授
専門　ダニ学、土壌動物学、甲虫分類学
受賞　南方熊楠賞（2001）ほか 7 賞
著書　『ダニの話』（1968 年、北隆館）、『きみのそばにダニがいる』（1989 年、ポプラ社）、『ダニにまつわる話』（1996 年、筑摩書房）『ダニに喰いついた男』（2000 年、青木淳一教授退官記念事業会）、『虫の名、貝の名、魚の名』（共著、2002 年、東海大学出版会）、『自然の中の宝探し』（2006 年、有隣堂）ほか多数
趣味　テニス、料理、キノコ狩り、梟の置物収集、麻雀、離島への旅

ダニ博士のつぶやき

2018 年 1 月 20 日　初版第 1 刷印刷
2018 年 1 月 30 日　初版第 1 刷発行

著　者　青木淳一
発行者　森下紀夫
発行所　論 創 社
〒101-0051　東京都千代田区神田神保町 2-23　北井ビル
tel. 03（3264）5254　fax. 03（3264）5232　web. http://www.ronso.co.jp/
振替口座　00160-1-155266
装幀／宗利淳一
印刷・製本／中央精版印刷　組版／フレックスアート
ISBN978-4-8460-1679-1　